Schwere Zeiten

Bekenntnisse einer Waage

Novelle

von

Peter Futterschneider

Impressum:

© 2019 Peter Futterschneider
Coverillustration: Anke Kemper
Coverbearbeitung: Beate Geng
Lektorat: Carolin Olivares
Kelebek Verlag Inh. Maria Schenk Franzensbaderstr. 6
86529 Schrobenhausen   www.kelebek-verlag.de
ISBN 9783947083268
Druck und Vertrieb BoD
Bibliografische Information der Deutschen Nationalbibliothek
Die Deutsche Nationalbibliothek verzeichnet diese Publikation in der
Deutschen Nationalbibliografie; detaillierte bibliografische Daten sind im
Internet über http://dnb.d-nb.de abrufbar.

Prolog

Mein Name ist Waagemuth. Ich bin eine Waage, die auf ein erfülltes Leben zurückblickt – auch wenn viel auf mir herumgetreten wurde. Das Leben ist jedoch mehr als Wiegen, das habe ich erfahren.

Noch ist es mir möglich, Ihnen zu berichten, noch kann ich mich erinnern. Vor allem: Ich habe den ganzen Tag Zeit, denn ich verbringe meinen wohlverdienten Ruhestand.

Sie werden sich bestimmt an einigen Stellen meiner Erzählung fragen, woher ich das alles weiß, denn wir Waagen kommen ja nicht viel herum. Eher stehen wir an einem Ort.

Nun, Menschen sind in der Gegenwart von Waagen im Allgemeinen sehr redselig. Sie neigen durchaus dazu, Selbstgespräche zu führen. Noch wichtiger aber ist, dass wir Waagen über ausgezeichnete Sinne verfügen. Am besten ausgeprägt ist unser Gehör. Auch bei einem Standort im Badezimmer ist es uns möglich, Geräusche im ganzen Haus und im Garten wahrzunehmen. Dazu gesellt sich unsere Fähigkeit, Sinneswahrnehmungen mit Informationen aus Gesprächen und Selbstgesprächen zu verknüpfen, um uns ein Bild vom Großen und Ganzen zu machen. Eine bedeutende Rolle spielt hierbei der ausgezeichnete Unterricht, den junge Waagen erhalten. Über Generationen tradiertes Wissen von den Menschen und ihren Eigenarten werden uns in frühester Jugend vermittelt. Die Fähigkeit der Waagen, Wissenslücken durch Intuition und Allgemein-bildung zu schließen, ist geradezu legendär. Einige sprechen gar vom sechsten Sinn der Waagen.

Das Leben von Dieter, Karl-Heinz, Rita und all den anderen ist ein Teil meines eigenen Lebens geworden. Besonders Fräulein Müller werde ich immer in meinem Gedächtnis bewahren. Sie hat mich tief beindruckt.

Meine Wurzeln

Mein Vater war Personenwaage, meine Mutter ebenso. Mein Werdegang als Personenwaage war also absehbar. Alternativen? Fehlanzeige! Chancengleichheit, egal, aus welchem Elternhaus man stammt? Ein Märchen! Mein Lebenslauf war vorbestimmt.

„Waagemuth, deine Wurzeln kannst du nicht verleugnen", erklärte mein Vater, als ich ihn zum ersten Mal fragte, was ich später werden sollte.
Mehr sagte er nicht dazu. Vorschläge oder wenigstens ein paar klitzekleine Tipps hatte er nicht parat. Als ich meine Mutter daraufhin fragend anblickte, zitterte sie nur kurz mit dem Zeiger. Das tat sie immer, wenn sie mir zu verstehen geben wollte, dass ich meinen Vater besser nicht mit weiteren Fragen nerven sollte.
„Deine Wurzeln kannst du nicht verleugnen", sagte er mir zum x-ten Mal, als ich ihm die Neuigkeit von meinem Cousin erzählte, der in die Akademie für Briefwaagen aufgenommen worden war und dort kurz vor seinem Abschluss stand.
„Papa, es gibt nicht nur Personenwaagen in unserer Familie, wusstest du das?" Damit hatte ich die Konversation begonnen. Er wusste es, doch es beindruckte ihn nicht.
„Sein Vater ist doch auch Briefwaage, Junge." Mit diesem Kommentar versuchte meine Mutter, die Situation zu entspannen.
„Ja, in der Registratur des Finanzamtes", warf mein Vater verächtlich ein.

Ich hatte damals noch keinen blassen Schimmer von Behörden, geschweige denn Finanzämtern, und fragte lieber nicht weiter. An jenem Tag merkte ich mir einfach, dass ich besser keinen Job im Finanzamt annehmen sollte. Vielleicht gab es dort ja sowieso keine Jobs für Personenwaagen, überlegte ich mir.

Das Zeigerzittern meiner Mutter nahm mir den Mut, meinen Vater weiterhin über Berufsaussichten zu befragen. Dieses mütterliche Zittern bestimmte meine Erziehung. Die feinen Nuancen vermittelten mir den Unterschied zwischen falsch und richtig, Gut und Böse, Schwarz und Weiß.

Die Menschen haben kein Gespür für diese Art der Anzeige, sie schauen nur auf die Skala mit den Zahlen von Null bis Hundertdreißig. Was sich dahinter verbirgt, wissen sie nicht. Junge Waagen lernen früh, dass die Zahlen viel mehr vermitteln als die Wiedergabe des Gewichtes.

Nein, leider stimmt das so nicht mehr ganz. Die Dinge haben sich in der postmodernen Informationsgesellschaft geändert. Mit einem digitalen Display ist eine Waage nicht in der Lage, so fein zu kommunizieren wie unsere Eltern es noch vermochten. Vielleicht ist das ein Grund dafür, dass die jungen Waagen heutzutage häufig so orientierungslos sind und sich die Eltern mit der Erziehung so schwertun.

Rückblickend bin ich meiner Mutter für das Zeigerzittern dankbar, auch wenn ich es immer dann gehasst habe, wenn ich die Dinge auf sich beruhen lassen sollte.

Zukunftsträume

Ich bin in Halle 3 groß geworden. Halle 3 ist sozusagen die Wiege der *Waagenheit*. Hier entstehen noch heute circa 87% aller Waagen, nicht nur für Deutschland, sondern für die ganze Welt. Der amerikanische Markt wurde von unserem Gründervater allerdings seit jeher ausgeklammert. Bis ins hohe Alter war er Waageproduzent mit Hingabe. Zwar huldigte auch er dem Profitdenken, doch während andere Firmeninhaber eine rücksichtslose Geschäftspolitik betrieben, dachte er an seine Waagen.

Keinem von uns wollte er zumuten, auf dem amerikanischen Markt mit seinen überdurchschnittlich schweren Fastfood-Konsumenten ein Leben unter andauernder Höchstbelastung zu führen. Seine Entscheidung sollte sich später als weise herausstellen. Im Gegensatz zu anderen Firmen litt seine Firma nicht unter den Schutzzöllen des unzurechnungsfähigsten US-Präsidenten aller Zeiten, der seine Amtsvorgänger an Skrupellosigkeit und Ignoranz bei Weitem übertraf.

Halle 3 war mein Universum, ja, in meinen Augen war sie unermesslich groß. Hier lebten Hunderttausende von Waagefamilien. Die Halle hatte mehrere Etagen, jede mit einer Raumhöhe von über zwanzig Metern. Wir Waage-familien bewohnten Regale. Fast alles war automatisiert. Das Surren und Summen der Elektro- und Hydraulik-motoren der kleinen Roboter, die Bauteile hin und her transportierten, mischte sich mit dem Geplapper der Waagen. Ruhig war es in der Halle nie.

Menschen fanden hier kaum Zutritt, denn unsere Herstellung war ein Betriebsgeheimnis. Nur ausgewähltes Personal durfte die Halle betreten. Aus Respekt vor unserem Gründervater werde ich das Betriebsgeheimnis auch niemals lüften, das habe ich versprochen. Dies entspricht dem Ehrenkodex der Waagen aus Halle 3.

Tatsächlich wurde ich von meinen Eltern gezeugt, also nicht von Menschenhand produziert. Wir wohnten in Sektion 349 in einem großen Regal gemeinsam mit zahlreichen Waagefamilien. In Sektion 349 verbrachte ich meine Kindheit und Jugend.

Eines Tages bekamen wir Post von meinem Cousin, einer inzwischen anerkannten Briefwaage. Meine Mutter las den Brief vor. Hin- und hergerissen lauschte ich den Berichten über den Arbeitsalltag in der Registratur des Finanzamtes Wuppertal-Elberfeld. Über die abenteuerlich klingenden Absendernamen und die gewichtigen, Unheil verkündenden Postzustellungsurkunden schrieb mein Cousin in epischer Breite.

Am meisten aber interessierten mich die privaten Briefe der Mitarbeiter des Finanzamtes, die von Zeit zu Zeit verstohlen abgewogen wurden. Darüber hatte ich Gerüchte gehört. Meinem Cousin war das jedoch zuwider, er stand mehr auf die dienstliche Post, die *wichtigen* Briefe, nicht auf den privaten Kram. Daher schrieb er auch nichts über diese Dinge.

Gewiss legte er bereits in jungen Jahren eine steile Karriere hin, seine Sinne blieben dabei jedoch auf der Strecke.

Auch Waagen können fühlen, riechen, hören, sehen und sogar schmecken. Doch in dem Maße, in dem diese Fähigkeiten bei mir schon recht früh ausgeprägt waren, schienen sie bei meinem Cousin verkümmert zu sein. Seine Arbeit im öffentlichen Dienst tat ein Übriges und verschlimmerte diesen Zustand noch. Weder war er in der Lage, das feine Parfüm in einem Liebesbrief zu registrieren, noch die zarten auf einen Briefumschlag gemalten Herzchen eines Blickes zu würdigen.

Immerhin konnte er Handschriften interpretieren. Stolz schrieb er, dass er in der Handschrift des Absenders geradezu die Angst spüren könnte, wenn es sich um einen Steuersünder handelte, der in seiner Panik zum Mittel der Selbstanzeige gegriffen hatte. Er konnte gar nicht genug Beispiele dafür nennen. Ich gewann den Eindruck, dass ihm das besondere Freude bereitete.

Wahrscheinlich wusste er überhaupt nicht, was ein Liebesbrief ist. Aber mich ließen diese Briefe von einem Leben als Briefwaage träumen. Von meinem Vater hatte ich das Interesse an Liebesbriefen gewiss nicht geerbt. Meine Mutter war es, die es mir übertrug. Aus ihren Erzählungen kannte ich Zeilen vieler berühmter Liebesbriefe.

„Die süßen Worte, mit denen du mich verwöhnst! Ach – mehr wollt' ich nicht. Sogar dein Lispeln würde mitlesen, mit dem du mir leise das Lieblichste in die Seele ergossen hast." So schrieb Johann Wolfgang von Goethe an seine geliebte Charlotte.

Wenn ich erst Briefwaage wäre, würde ich Zeilen wie diese geradezu aufsaugen.

Ich würde Worte von einer Leichtigkeit wie die von Vogelfedern erhaschen. Aber ich würde auch die Zentnerlast von Worten, geschrieben in Abschiedsbriefen voller Schmerz und Gram, ertragen müssen.

Ebenso wenig wie das Leben bestand auch mein Heranwachsen nicht nur aus Schwärmereien über Liebesbriefe. Ich träumte nicht nur rosarot, sondern auch tiefschwarz. Manchmal schlichen sich dunkle Gedanken in meine unruhigen Träume über Rauschgiftwaagen, die ein Leben führten, welches kaum spannender sein konnte.
Doch eine Rauschgiftwaage sieht Tod und Elend, eine Erfahrung, auf die ich unbedingt verzichten wollte. Wie froh war ich jedes Mal, wenn ich erwachte. Schon als ganz junge Waage neigte ich zu intensiven Träumen, die mir das Leben oft erschwerten.
Eines Tages wähnte ich mich wieder in einem meiner düsteren Träume. Ach – wäre es nur ein Traum gewesen! Doch so war es nicht. Auf einmal wurde es schwarz um mich herum und das sollte für lange Zeit so bleiben. Meine Eltern sah ich nie wieder.

Dunkelheit

„Es ist besser, wenn du dich schon früh auf diesen Moment vorbereitest", hatte mich mein Vater mehr als nur einmal in meinem damals noch jungen Leben ermahnt. Der Zeiger meiner Mutter hatte bei diesem Satz besonders heftig gezittert. Über dieses Thema musste sie nie ein Wort verlieren. Ich hatte immer gewusst, dass sie es nur schwer ertragen konnte.

Die Gefühle einer Waagemutter sind viel ausgeprägter als die einer väterlichen Waage, die in der Regel mit stoischem Gleichmut auf den Tag wartet, an dem sich die Wege von Eltern und Kindern trennen, an dem eine junge Waage den eigenen Weg einschlägt.

„Das ist nun mal so, da gibt es nichts zu feiern", hatte mein Vater kommentiert. Damit begründete er immer die Ablehnung meiner Bitte nach einem kleinen Familienfest, mit dem wir uns auf den Tag des Abschieds vorbereiten konnten. Ihm war es mehr oder weniger egal gewesen, meine Mutter hatte diesen Tag verdrängt. Und ich hatte einfach nicht mehr daran gedacht, dass es früher oder später so kommen würde.

Während ich also wieder einmal von einer Zukunft als Briefwaage träumte, entriss mich Siegfried Hansen, Produktionsmitarbeiter der Fabrik und einer der wenigen handverlesenen Menschen, die Halle 3 betreten durften, meinen Eltern. Der Moment war gekommen und ich war nicht vorbereitet. Ein Familienfest hatte es nicht gegeben.

Herr Hansen packte mich auf ein Laufband, das mich aus Halle 3 entführte. Da lag ich nun – schutzlos und nackt. Für einen Augenblick konnte ich meine Mutter noch aus dem Skala-Winkel erkennen. Es war das letzte Mal, dass ich sie sah. Starr vor Angst wagte ich kaum, zu atmen. So schwer wog meine Furcht, durch auffälliges Verhalten ausgesondert zu werden und als Schrott zu enden.

Die Fahrt auf dem Laufband entpuppte sich als ein Wechselbad der Gefühle. Aus dumpfer Trauer stieg ich in Sekundenschnelle auf den Gipfel der Freude empor, denn ich erkannte bald schon den Übergang zu Halle 19.

„In Halle 19 werden die Briefwaagen montiert", wusste mein Vater immer zu berichten.

Das Laufband bewegte sich weiter auf Halle 19 zu. Doch kurz davor bog es mit mir nach links ab, um einen Augenblick später im Auslieferungslager für Personenwaagen anzuhalten. Halle 17!

Vom Gipfel der Freude stürzte ich hinab in das Tal der Tränen. „Seine Wurzeln kann man nicht verleugnen. Wie sehr du doch recht hattest, Vater", schluchzte ich.

Als kindliche und später jugendliche Analogwaage waren meine Innereien, besonders die empfindliche Feder, von einem kleinen Gehäuse geschützt. Diesem Gehäuse mit seinem wertvollen Inhalt stand die Welt offen – das hoffte ich bis zum Schluss. Doch meinem Herzen und meiner Waagen-Seele wurde an diesem Tag ein weiteres Gehäuse übergestülpt und fest mit dem dazu passenden Boden verschraubt. Es war das Gehäuse einer Personenwaage, nicht das feine Edelstahlgehäuse einer filigranen Briefwaage. *Vater, du kannst zufrieden sein*, dachte ich, denn in diesem Augenblick wurde mir jede Chance genommen, meine Wurzeln auch nur ansatzweise zu verleugnen. Ich würde auf immer eine Personenwaage sein.

In Wirklichkeit war es noch fürchterlicher als in meinen schlimmsten Träumen. Die Fläche, die in meinem weiteren Leben unzählige Male von Menschen betreten werden sollte, wurde mit einem flauschigen Stück Teppich beklebt! Die Menschen liebten wohl dieses angenehm weiche Gefühl an den Füßen. Ich allerdings schüttelte mich bei dem Gedanken an die Schuppen und Hornhautpartikel, die es sich in meinem Teppich bequem machen würden. Jeder Mensch würde *Krümel* von sich auf mir verewigen.

Ich hatte schon schlimme Dinge gehört. Mich gruselte vor Filz- oder Korkbelägen. Bei Korkbelägen hörte sogar für meinen Vater der Spaß auf. Einmal hatte er einen Großonkel als schwarze Waage der Familie bezeichnet, nur wegen dessen Korkbauch.

Wie lächerlich mir dieses Getue meines Vaters nun vorkam. Ich war wütend und suchte einen Schuldigen. Also gab ich ihm die Schuld. Hätte er nicht so über den Großonkel gelästert, hätte ich nicht als Strafe diesen Teppich verpflanzt bekommen. Ich wurde sozusagen in Sippenhaft genommen. Der Teppich auf meinem Bauch übertraf meine schlimmsten Befürchtungen. Mein einziger Trost war, dass meine Eltern mich mit meinem weinroten Flokati nicht sehen konnten.

Schlimmer konnte es nicht mehr kommen, das stand für mich fest. Regungslos nahm ich zur Kenntnis, wie ich vom Laufband genommen und in einen Karton gepackt wurde. Jemand verschloss mein Gefängnis. Es sollte eine Zeit monatelanger Dunkelheit folgen.

Wiegenoth

„Du kannst dich auf die Zeit der Dunkelheit vorbereiten, deine Fähigkeiten entsprechend trainieren", hatte mir mein Vater schon früh erklärt. „So wie Wiegenoth!"
Im Allgemeinen hatte er die Emotionen bei der Erfüllung des Erziehungsauftrages meiner Mutter überlassen. Nur wenn der Name Wiegenoth fiel, dann strahlte sein Ziffernblatt und mein alter Herr zeigte Gefühle.
Was für die Menschen ein moderner Held ist, etwa der Gewinner des *Iron Man* auf Hawaii oder ein Apnoe-Taucher, der sich in eine Tiefe von hundertfünfundzwanzig Metern wagt, ist in der Welt der Personenwaagen Wiegenoth. Um ihn ranken sich zahlreiche Legenden.
Jede Personenwaage muss die Zeit der Dunkelheit durchleben, in der sie in einem Karton, eingequetscht in Styroporteile und abgeschnürt durch Plastikfolie, ausharrt, bis sie im hoffentlich gut sortierten Haushaltswarenfachgeschäft oder Elektronikmarkt gekauft und danach von ihrem Besitzer ausgepackt wird.
Vereinzelt bleibt den Glückspilzen unter uns Waagen dieses Schicksal erspart, wenn sie bei einem Fabrikverkauf noch völlig unverpackt direkt an den Endverbraucher abgegeben werden. Das kommt jedoch einem Sechser im Lotto gleich. Ich kenne niemanden aus meiner Verwandtschaft, dem dieses Glück vergönnt war.
Einige Pechvögel unter uns begeben sich in eine besonders lange Zeit der Dunkelheit. Während dieser Phase verlieren sie nach und nach ihre angeborenen, in Kindheit und Jugend mühsam vertieften Fähigkeiten. Wenn diese Pechvögel zu

lange im Karton verharren und ihrem Lebenszweck nicht nachkommen, verhärtet sich die Feder unter der Trittfläche, die sich normalerweise beim Wiegen verformt. Sie schlägt also nicht mehr aus.

Als Folge davon bewegt sich auch der mechanische Zeiger nicht mehr und auf der Skala wird kein Gewicht angezeigt.

Je nach Konstitution der Waage ist dieser kritische Zustand nach zwölf bis achtzehn Monaten erreicht. Damit ist die Waage praktisch erledigt.

Die grausame Konsequenz: Wenn die Waage schließlich gekauft wird, funktioniert sie nicht mehr einwandfrei. Der enttäuschte Endverbraucher bringt sie in den Markt zurück. Dort wird sie unausweichlich als Schrott entsorgt. Das ist die größte Angst aller Personenwaagen. Das damit verbundene Grauen ist so groß, dass die Eltern nach der Trennung von ihren Sprösslingen gar nicht erst versuchen, etwas über den Verbleib ihres Nachwuchses zu erfahren. Die Befürchtung, es könnte sich ein Ende auf dem Schrotthaufen offenbaren, lässt sie davor zurückschrecken.

Die Geschichte von Wiegenoth kennt jede Waage.

Wiegenoth gelangte durch den Gabelstaplerfahrer Reiner Lange gemeinsam mit einer ganzen Palette unglückseliger Personenwaagen auf das Hochregal 37, eine Lagerfläche für den Export in den Nahen Osten. Zum Export kam es jedoch nicht. Aufgrund eines Wirtschaftsboykotts gegen einen Staat im Nahen Osten – das ursprüngliche Ziel der Lieferung – wurde es still im Hochregal 37. Die einzige Bewegung verursachten die Fliegen, die sich von Zeit zu Zeit in den Spinnennetzen verfingen und verzweifelt versuchten, sich zu befreien.

Nach sieben langen Jahren wurde die Palette mit den Waagen wieder vom Hochregal heruntergeholt. Der Wirtschaftsboykott war beendet, der Krieg im Empfängerland ebenfalls. Die Rüstungsfirmen hatten ihren Reibach gemacht. Zunächst waren die verfeindeten Staaten systematisch aufgerüstet worden. Dann war ein neuer Krieg ausgebrochen und die Rüstungsausgaben waren ins Uferlose gewachsen. Die Gewinne von *General Dynamics*, *Raytheon*, *BAE Systems*, *Boing* und *Lockheed Martin* wuchsen weiter. Die rüsteten nämlich anschließend die UN-Sicherheitstruppen in den zerstörten Gebieten aus. Viele Gegenstände wurden für den Wiederaufbau benötigt, Waagen waren allerdings nicht darunter. Alle Waagen von dieser Palette sollten verschrottet werden, darunter auch Wiegenoth.

Der Zufall wollte es, dass Reiner Lange, der in diesen sieben Jahren beruflich nicht ein Stück vorangekommen war und noch immer mit seinem Gabelstapler durch das Hochregallager fuhr, eine einfallsreiche Idee hatte. Er beabsichtigte, seiner Gattin zum achtundzwanzigsten Hochzeitstag eine Waage zu schenken. Auf dem Weg zur Schrottpresse hielt er seinen Gabelstapler kurz an, stieg aus, griff die erstbeste Waage vom Stapel, öffnete die Verpackung und probierte sie aus.

Es war Wiegenoth, der – einem Sechser im Lotto gleich – von der Palette geholt wurde. Entgegen aller Erwartungen funktionierte er noch einwandfrei. Diese Sensation sprach sich rasend schnell in der Welt der Waagen herum. Wiegenoth verbrachte den Rest seines Waagelebens im Haushalt der Eheleute Lange.

„Hat sich Frau Lange über das Geschenk zum Hochzeitstag eigentlich gefreut?", wollte ich damals von meinem Vater wissen.

„Das ist nicht überliefert, aber ich denke schon, dass sie sich gefreut hat", mutmaßte er.

„Von Wiegenoth lernen, heißt: siegen lernen", führte mein Vater stets als Eröffnung seiner Erzählung über Wiegenoths Husarenstück aus. Danach erklärte er mir immer bis ins kleinste Detail, wie es Wiegenoth gelungen war, seine Feder in der Zeit der Dunkelheit so elastisch zu halten, dass sie auch nach sieben Jahren noch in der Lage war, dem Zeiger den erforderlichen Impuls zu geben.

Ich sog die Worte meines Vaters begierig auf, übte still und von meinen Eltern unbemerkt, meine Feder zu kontrollieren. Dieses eine Mal in meinem Leben hatte mir mein Vater tatsächlich mit Hingabe etwas sehr Wichtiges beigebracht. Das entschädigte mich dafür, dass ich so viele andere Dinge an ihm vermisst hatte.

Gleich einem Menschen, der seine Bauchmuskeln ständig kontrahiert und dadurch regelmäßig trainiert, spannte ich meine Feder schon als Kind immer wieder, mehrmals am Tag, an und simulierte so den Wiegevorgang. Ich stellte mir vor, dass ein Mensch mich betrat. Mal imaginierte ich ein leichtes Kind, mal einen dicken Mann oder eine dicke Frau. Mit aller mentalen Kraft konzentrierte ich mich, bis sich die Feder bewegte, wenn auch zunächst nur ein klein wenig, also kaum spürbar.

Mit der Zeit gelang mir das immer besser, bis ich eines Tages meinem Vater meldete: „Papa, ich bin vorbereitet." Dabei ließ ich meine Feder vibrieren.

Das war einer der wenigen Momente, in denen ich bemerkte, dass mein Vater stolz auf mich war. Zu verdanken hatte ich das einzig und allein Wiegenoth.

Nur die halbe Wahrheit

Nachdem ich den ersten Schock überwunden und mich einigermaßen an die Dunkelheit im Karton gewöhnt hatte, spannte ich trotzig meine Feder an und dachte an Wiegenoth, mein großes Vorbild. Das wiederholte ich stündlich, sodass der Tag relativ schnell vorbeiging.
Zumindest nahm ich das an. Es befand sich ja keine Uhr in Sichtweite und wenn, hätte mir das auch nichts genutzt. Im Karton herrschte tiefste Finsternis. Also konnte ich lediglich vermuten, dass der erste Tag vergangen war.

Am nächsten Tag spannte ich meine Feder erneut so gut an, wie das wohl sonst kaum eine durchschnittliche Waage in meinem Alter beherrschte. So ging es dann jeden Tag. Am zehnten Tag lief alles bereits wie von selbst. Ich musste mich gar nicht erst großartig konzentrieren. Ich wurde wach, starrte in die Dunkelheit, spannte die Feder an. Das machte ich ungefähr fünfzehnmal nach jeder gefühlten vollen Stunde. Danach begann meine verdiente Nachtruhe, während der ich in die Dunkelheit starrte.
Ich hatte mir abgewöhnt, meine Augen zu schließen. Ob die Augen offen oder geschlossen waren, machte für mich keinen Unterschied.

Am sechsundfünfzigsten Tag kamen mir zum ersten Mal Zweifel. Zwar hallte mein trotziges: *Papa, ich bin vorbereitet* wie jeden Morgen dumpf durch den Karton, aber in Wirklichkeit dachte ich: *Wiegenoth, das mit der Feder ist doch nur die halbe Wahrheit. Warum hat mir mein Vater nicht erzählt, wie du es sieben lange Jahre in der Dunkelheit ausgehalten hast?* Verzweifelt schrie ich: „Wiegenoth, wie hast du das geschafft?"

Niemand antwortete mir, nicht an diesem Tag, weder am achtundsiebzigsten, noch am dreiundneunzigsten Tag. Natürlich hatte ich das auch nicht erwartet, trotzdem war ich maßlos enttäuscht. Das lag daran, dass ich langsam, aber sicher einen Karton-Koller bekam. Am hundertsten Tag verging mir endgültig die Lust, meine Feder anzuspannen. Mir war einfach nur langweilig. So fieberhaft ich auch überlegte, mir kam nicht ein einziger mentaler Anfeuerungs-appell in den Sinn. Auch so profane Weisheiten wie *Augen zu und durch* trafen in der Dunkelheit des Kartons nicht auf fruchtbaren Boden.

Schließlich gab ich die Grübelei darüber, wie es Wiegenoth gelungen war, in seiner Zeit auf der Palette nicht durchzudrehen, auf. Es war mir egal geworden. Sollte Wiegenoth doch bleiben, wo der Pfeffer wuchs. Ich fügte mich in mein Schicksal und flüchtete in Tagträume, in der Hoffnung, die dunkle Zeit irgendwie zu überstehen.

Darf es noch etwas mehr sein?

In meinen Tag- und Nachtträumen in der Dunkelheit des Kartons erinnerte ich mich an die Geschichten über Waagen, die ihre erworbenen Federfertigkeiten in einer Art und Weise einsetzten, die gegen den Ehrenkodex der Personenwaagen verstieß. Mein Vater hatte mir aus Prinzip nichts darüber erzählt, denn für ihn war es grober Unfug. Auch von meinem Cousin hatte ich kaum etwas darüber erfahren, dazu war er viel zu spießig. Alles, was nicht durch irgendeine Verwaltungsvorschrift abgedeckt wurde, galt ihm als offener Aufruhr. Es war meine Mutter, die mir davon erzählt hatte – immer mit einem spitzbübischen Blick.

Der Ehrenkodex der Personenwaagen gebietet es, jedem Menschen sein wahres Gewicht auf der Skala anzuzeigen, ohne Wenn und Aber. Als Waage darf man sich nicht beeinflussen oder einschüchtern lassen, sei es durch Tränen, Drohungen oder Fußtritte. Spielt eine Waage falsch, bringt sie den Ruf der Waagen als einzig wahre Quelle der Körpergewichtsangabe in Gefahr.

„Es gibt Witzbolde unter uns Waagen, die machen sich einen Spaß daraus, das falsche Gewicht anzuzeigen, mein Junge", verriet mir meine Mutter, nachdem sie sich vergewissert hatte, dass mein Vater nicht in der Nähe war. Dann erklärte sie mir das Geheimnis dieser Manipulationen. „Solche Waagen nutzen ihre in der Vorbereitung auf die Dunkelheit erworbenen Federfertigkeiten, um mit einem Gegendruck oder einem Zusatzdruck das Wiegeergebnis zu verfälschen, je nachdem, ob sie mehr oder weniger anzeigen möchten."

„Ich weiß, Mama", erwiderte ich, „wir gehen nie ganz genau und schwanken bis zu fünfhundert Gramm. Das habe ich in der Schule gelernt."

Gütig strich sie über meine Skala. „Du musst noch viel lernen, mein Sohn. Kleine Abweichungen sind normal, das ist auch den Menschen bekannt. Es gibt viele Faktoren seitens der Menschen im Bereich von hundert bis fünfhundert Gramm, die das Ergebnis beeinflussen. Das beginnt mit der Unterwäsche.

Weißt du, eine Altherren-Feinripp-Unterhose wiegt das Mehrfache eines Seidenslips. Und denke an die Verrichtung auf der Toilette vor dem Wiegevorgang." Schmunzelnd zog sie ihr Fazit: „Groß oder klein, das ist hier die Frage!"

„Meinst du etwa", fragte ich vorsichtig, „dass es wirklich Leute gibt, die vor dem Wiegen extra noch mal auf die Toilette gehen?"

„Aber natürlich, was denn sonst!", rief meine Mutter, um sich gleich danach umzusehen, ob Vater sich nicht doch in der Nähe befand. „Also, diese kleinen Schwankungen kennt jeder Mensch und auch jede Waage. Aber wenn du deine Feder richtig beherrschst, kannst du glatt fünf Kilo dazu oder weg mogeln!"

„Fünf Kilo?", fragte ich ungläubig.

„Oder sogar noch mehr." Damit beendete sie das Gespräch.

Oder sogar noch mehr. Diese Worte gingen mir noch lange durch den Kopf, nachdem mir meine Mutter all diese Dinge offenbart hatte. Damals beherrschte ich meine Feder schon sehr gut für eine Waage meines Alters.

„Wenn Wiegenoth sieben Jahre auf der Palette ausgehalten hat, dann kann ich mindestens sieben Kilo vorgaukeln!“, setzte ich mir in meinem jugendlichen Übermut als Ziel.

Liebend gern stellte ich mir das bildlich vor. Wenn ein besonders fieser, fetter Mann auf mir herumtrampeln würde, könnte ich ihm glatt sieben Kilo dazu mogeln. Das nahm ich mir fest vor. Und wenn mich ein zartes, hübsches Mädchen betreten würde, dann könnte ich ihr zwei Kilo abnehmen, so wie es Goethe mit Sicherheit für seine Charlotte getan hätte.

Die süßen Worte, mit denen du mich verwöhnst. Ach – mehr wollt' ich nicht. Sogar dein Lispeln würde mitlesen ... Goethes wundervolle Zeilen kamen mir immer wieder in den Sinn, bevor ich in dem finsteren Karton von den Tag- und Nachtträumen in einen tiefen Schlaf hinüberglitt.

Tag Hundertachtundsechzig

An die Zeit zwischen dem hundertzweiten und dem hundertsiebenundsechzigsten Tag kann ich mich nicht erinnern. Ich weiß nur, dass es unverändert dunkel war. Das kann ich mit Sicherheit sagen, nicht mehr und nicht weniger.

Ich vegetierte vor mich hin und machte in diesem Zeitraum auch keine einzige Federübung. Zum Glück war ich schon so durchtrainiert, dass diese Untätigkeit keine bleibenden Schäden hinterließ.

Die Situation war mehr als unbefriedigend für mich. Ich befand mich noch immer im Dunkeln des Kartons, hatte aber keinerlei Ahnung, wo sich dieser Karton inzwischen befand.

Am hundertachtundsechzigsten Tag wurde mein Karton gepackt und umgeladen. Ich war mir ziemlich sicher, dass ich in einem LKW transportiert wurde. Wohin die Reise ging, wusste ich jedoch nicht.

Erst später konnte ich den Ablauf rekonstruieren. Zunächst führte uns der Weg aus der Fabrik in das Lager eines Großhändlers und von dort in das Regal eines Elektro-Marktes. Am hundertachtundsechzigsten Tag nach dem traumatischen Einzwängen in den Karton landete ich im Hoheitsgebiet von Ingo Dettmann, Fachverkäufer in der Abteilung für Haushaltsgeräte. Er betreute auch die Regalwand mit den Waagen. Überwiegend Personenwaagen wurden den Kunden angeboten. Ingo nahm die für seine Abteilung bestimmten Waren von der Palette und war dabei, die vielen Kartons in seine Regale einzuordnen. Dabei ist er dann auf meinen Karton gestoßen.

„Was ist das denn?" Mit diesen Worten weckte mich ein irritierter Ingo Dettmann aus meinem Halbschlaf. Mit einem angewiderten: „Eine Waage mit Flokati drauf! Wie blöd ist das denn?", sorgte er dafür, dass ich hellwach war.

Wie gern hätte ich zu diesem Zeitpunkt mit meinem verkorkten Großonkel getauscht. Ich wäre noch immer besser dran gewesen als mit diesem Stück Teppich auf dem Bauch. Wiegenoth musste zwar sieben Jahre auf der Palette ausharren, hatte aber wenigstens keinen Flokati an sich. Die Welt erschien mir höchst grausam. Ich befürchtete, dass Ingos Reaktion beispielhaft war.

„Die packe ich besser nach hinten", sprach er und schob mich auf dem Regalboden an die Wand.

Die Dunkelheit würde so schnell kein Ende finden, das wurde mir in diesem Augenblick schmerzlich klar. Was sollte ich nur tun? So frustrierend das alles für mich war, Resignation kam für mich nicht mehr in Frage. Ich dachte an meine Eltern und an Wiegenoth. Dann begann ich wieder eisern mit dem Training meiner Federfertigkeiten. Was sollte ich auch sonst tun? Blieb mir eine andere Wahl?

Ich bin doch nicht dämlich!

Ich spürte Erschütterungen vor und neben mir. Mir war klar, dass nach und nach die Waagen in meiner unmittelbaren Nähe verkauft wurden. Immer dann, wenn sich ein Kunde für eine Waage entschieden hatte, kramte Ingo den entsprechenden Karton aus dem Regal. Dabei rammte er die anderen Kartons, als wären wir auf dem Rugby-Feld. Diese Unruhe zog sich durch das ganze Regal. Irgendeinen Knuff bekam man immer ab.

Immer, wenn ich glaubte, ich würde nach vorn in Sichtweite der Kunden rutschen, wurde mir eine gerade gelieferte Waage vor den Latz geknallt. Kaum hatte ich etwas Hoffnung geschöpft, stand ich schon wieder mit dem Rücken zur Wand.

„Gut, dann warte ich notfalls sieben Jahre bis zu meiner Befreiung", murrte ich trotzig. Mittlerweile wollte ich gar nicht mehr wissen, mit welchen psychologischen Tricks Wiegenoth es damals solange ausgehalten hatte.

Inzwischen war ich nur noch wütend auf das Schicksal, das es nicht gut mit mir meinte – und auf Ingo. Irgendwann würde ich schon aus diesem Karton entkommen, davon war ich überzeugt.

Der Flokati erwies sich jedoch als echtes Verkaufshindernis. Gefühlt mindestens einmal im Monat wurde ich von Ingo Dettmann recht unsanft hervorgekramt und einem Kunden entgegengehalten.

„Wie wäre es mir dieser hier? Die ist schön warm an den Füßen." Damit versuchte er mich anzupreisen.

„Ich bin doch nicht dämlich!" Diese Antwort hörte ich mehr als einmal.

An meine Gefühle dachte dabei niemand, weder Ingo noch die waagesuchenden Kunden des Elektromarktes. Diese Prozedur war jedes Mal waageverachtend und herabwürdigend.

Ich litt so darunter, dass ich nach einem halben Jahr Albträume bekam. Im immer gleichen Traum bat ich Staplerfahrer Reiner Lange verzweifelt, er möge mich heimlich aus Halle 17 in Halle 19 schmuggeln. Doch er grinste mich nur fies an und sagte trocken: „Ich bin doch nicht dämlich!"

Dieter

Ingo wurde unverhofft zum Filialleiter befördert und musste fortan nicht mehr als einfacher Fachverkäufer Waagen und andere Haushaltsgeräte anpreisen. Eigentlich hätte er mir einen Orden verleihen müssen, denn ohne mich wäre er nie befördert worden. Er hatte an einem Marketing-Wettbewerb für die Mitarbeiter aller Elektromärkte dieser großen Kette teilgenommen. Gesucht wurden knackige und einprägsame Werbeslogans. Außerdem wollten die Manager die horrenden Ausgaben für eine Werbeagentur sparen.

Ein Mindestmaß an Intellektualität gehörte in diesem Wettbewerb nicht zu den Bewertungskriterien, sonst hätte Ingo mit dem Slogan *Ich bin doch nicht dämlich!* niemals gewonnen. Er verkaufte ihn dreist als seine Idee, doch in Wahrheit war es mein Flokati-Bauch, also ich, der letztlich diesen Slogan kreiert hatte. Ohne mich hätte es diese Kampagne nie gegeben. Nach der unverdienten Ehre bezog Ingo überglücklich das Büro der Filialleitung, während ich im Regal verharrte. Immerhin hatte ich mit Ingo wenigstens einen Menschen glücklich gemacht.

Die Lücke, die Ingo hinterließ, wurde schnell von Dieter geschlossen. Der hatte ein im neunten Semester abgebrochenes BWL-Studium vorzuweisen. Damit war er prädestiniert für den Job in der Abteilung für Haushaltsgeräte. Ich wusste zwar nicht, warum er sein Studium geschmissen hatte, aber in meinen Augen war es das Beste, was er hatte tun können, denn ansonsten hätten sich unsere Wege nie gekreuzt.

Es war Dieters erster Tag zwischen den Regalen. Wieder spürte ich diese typische leichte Erschütterung und erwartete die bekannte Prozedur. Gleich würde der Regalrand am Mittelgang wieder in für mich unerreichbare Ferne rücken. Zumindest nahm ich das an. Ich irrte mich. Dieter hatte seine erste Schicht gerade begonnen, da nahm er mich aus dem Regal. Würde mir gleich wieder ein *Ich bin doch nicht dämlich!* in den Ohren dröhnen? Da war ich mir sicher.

Doch statt dieses vernichtenden Urteils flüsterte mir Dieter etwas zu. „Was bist du denn für ein Schätzchen?", hörte ich ihn sagen.

Hatte er wirklich *Schätzchen* zu mir gesagt? Konnte das sein?

„Was für ein kuscheliger Belag und erst die Farbe … Du gefällst mir."

Ich war perplex. Was für eine Überraschung! Er schob andere Kartons zur Seite und platzierte mich vorne am Rand des Regals, für jeden Besucher des Elektromarktes sichtbar.

Für mich begann ein glücklicher Lebensabschnitt. Vergessen waren all die dunklen Stunden. Dieter hatte ein Faible für ausgefallene Alltagsgegenstände und frohe Farben. An mir hatte er einen Narren gefressen.

Fortan sagte er jeden Tag schöne Dinge, wenn er mich den Kunden anpries. „Diese Waage funktioniert noch ohne Batterie, eine Analogwaage, sehr umweltfreundlich", erklärte er den Leuten, von denen er meinte, sie wären Umweltfreunde.

„Die wärmt die Füße, das ist im Winter wunderbar. Glauben Sie mir!“, bekamen die dünnen Menschen zu hören, von denen er annahm, sie würden leicht frieren.

Für jede Sorte von Kunden hatte er ein passendes Argument parat, warum man gerade mich kaufen sollte. Seine Verkaufsgespräche waren trotzdem nicht von Erfolg gekrönt.

Langsam richtete ich mich häuslich ein. Dank meines Mentaltrainers Dieter, der mir jeden Tag mit Komplimenten versüßte, blieb ich spielend in Form. Mit einer federhaften Leichtigkeit absolvierte ich meine täglichen Übungen. Und obwohl ich mich noch im Dunklen befand, erhellten seine freundlichen Worte das Innere des Kartons.

Doch ich war auch hin- und hergerissen. Einerseits genoss ich die Komplimente, andererseits wollte ich endlich raus aus meinem Gefängnis. Außerdem hatte ich nicht die Absicht, Wiegenoth als Rekordhalter abzulösen und mehr als sieben Jahre in meinem Karton zu verweilen. Diesen Rang wollte ich ihm nicht streitig machen, das überließ ich anderen. Trotz Dieters rührender Fürsorge wurde ich ungeduldig.

Eines Tages sah ich unverhofft einen Silberstreifen am Horizont. Es waren ein paar beiläufige Sätze von Dieter, die mich aufhorchen ließen.

„Wenn dich keiner kauft, nehme ich dich mit zu mir nach Hause“, sagte er. „Du würdest Bernd sicher gefallen. Wir könnten uns nach dem Duschen auf dir wiegen und zum Spaß vorher gegenseitig unser Gewicht schätzen.“

Ich wurde rot vor Verlegenheit, was angesichts meines weinroten Flokati nicht weiter aufgefallen wäre, aber sowieso völlig unerheblich war, weil ich noch immer in diesem Karton steckte. Ich freute mich aufrichtig über diese Sätze, denn sie verhießen eine wunderbare Zukunft als Waage im Haushalt von Dieter und Bernd. Bernd war sicher genauso nett wie Dieter.

Nun wollte ich gar nicht mehr gekauft werden. Ich konnte es kaum erwarten, aus dem Elektromarkt zu verschwinden, um bei Dieter und Bernd einzuziehen. Jedoch spielte mir das Schicksal wieder einen Streich.

Szenen einer Ehe

Die folgende Geschichte über die Vorkommnisse im Hause Stöhricke, die letztendlich dazu führten, dass ich gekauft wurde, erzähle ich aus der Perspektive von Karl-Heinz Stöhricke. Der Leser mag sich fragen, wie das möglich ist, denn ich war ja nicht dabei. Lassen Sie mich Ihnen erklären, dass ich diese Ereignisse sehr genau rekonstruieren konnte, weil Karl-Heinz mir alles Stück für Stück in vielen Selbstgesprächen im Badezimmer mitteilte.
Sollte ich das eine oder andere etwas ausgeschmückt haben, mögen Sie mir das verzeihen. Mitunter neigen wir Waagen dazu, unseren sechsten Sinn ein klein wenig überzustrapazieren.

„Wenn du nicht endlich abnimmst, lasse ich mich von dir scheiden!", knallte Rita Stöhricke, geborene Grebenstein, ihrem Mann Karl-Heinz an den Kopf.
Karl-Heinz Stöhricke war Maurermeister, seine Firma lief blendend, alles hätte so schön sein können. Er ignorierte Ritas Frontalangriff und schwieg. Nur seine Kaugeräusche waren zu vernehmen.
„Du brauchst gar nicht so zu tun, als hättest du mich nicht verstanden", schob sie hinterher.
Auch diesen Hinweis gedachte er einfach auszusitzen. Rita hatte Karl-Heinz als jungen Mann attraktiv gefunden. Sie hatten sich sozusagen auf der Straße kennengelernt. Begierig darin, vorherrschende Klischees zu bedienen, hatte er ihr damals aus luftiger Höhe vom Baugerüst aus hinterhergepfiffen. Seine Kollegen hatten gefeixt und voller

Schadenfreude auf den empörten Blick der hübschen Frau gewartet. Doch sie hatte sich sofort in den jungen Mann mit dem nass geschwitzten, muskulösen Oberkörper, den er in der Sonne präsentierte, verguckt.

Nach dem ersten Funkenflug folgte eine leidenschaftliche und stürmische Zeit, in der die beiden kaum die Finger voneinander lassen konnten. Daran schlossen sich Verlobung, Heirat, ein Sohn und schließlich der Schritt in die Selbständigkeit an. Die Firma lief gut, die junge Familie wohnte in einem groß dimensionierten Haus mit Einliegerwohnung. Ihr Heim befand sich auf einem Waldgrundstück, blieb den staunenden Blicken der Spaziergänger jedoch nicht verborgen. Das Grundstück wurde durch einen Zaun gesichert. Die Zufahrt erfolgte durch ein elektrisches Tor über einen Kiesweg, der in einem Rondell unmittelbar vor dem Hauseingang endete. Karl-Heinz Stöhrickes Erfolg war für jedermann sichtbar. Er hatte es geschafft.

Der Erfolg hatte seinen Preis – und zwar eine schleichende Gewichtszunahme. Der einst so drahtige Maurergeselle war mit den Jahren zu einem dicken Maurermeister mutiert. Das war ihm durchaus bewusst.

Er kaute ganz langsam aus, um sich etwas Passendes für ihre Vorwürfe zurechtzulegen. Seine Antwort hatte sie in den letzten Jahren schon so oft gehört.

„Ich muss eben so viel im Büro schaffen. Arbeite du mal sechzig Stunden die Woche bei dem Stress. Von selbst läuft die Firma nicht", rechtfertigte er sich. „Da bleibt keine Zeit für Sport."

Ritas Augen verengten sich zu schmalen Sehschlitzen. Dann rammte sie ihre Gabel ansatzlos in seine Rinderroulade. „Dann musst du eben weniger essen. Du arbeitest nicht mehr wie ein Maurergeselle, aber du isst wie zwei Maurergesellen. Das geht so nicht."

„Dann koch doch einfach nicht so gut", maulte er zurück.

„Als wenn es nur an meinem Essen liegen würde. Im Büro naschst du dauernd Pralinen. Bei jeder Gelegenheit trinkst du deine Bierchen und wenn ich mal nicht für uns kochen kann, ernährst du dich von Fast Food."

„Willst du die Roulade noch essen?", fragte er trocken in der Überzeugung, dass er ihr keine Rechenschaft für seine Essgewohnheiten ablegen musste.

Damit brachte er das Fass zum Überlaufen. „Dann stopf sie dir doch in den Hals und werde noch fetter, wenn dir das lieber ist!", brüllte sie und stürmte aus dem Esszimmer.

Karl-Heinz atmete tief durch. Für ihn war es nur ein weiterer Sturm, der vorübergehen würde. Mit stoischer Ruhe lud er sich die Roulade auf seinen Teller, um die Mahlzeit fortzusetzen.

Seine Frau beschwerte sich immer öfter über seine Leibesfülle. Solche Gespräche waren fast geeignet, ihm den Appetit zu verderben, aber eben nur fast, denn er aß viel zu gern, vor allem Rouladen. Gerade hatte Karl-Heinz den ersten Bissen der Roulade verschlungen, als seine Frau zurück ins Esszimmer stürmte.

„Und eines will ich dir mal sagen: Im Bett herrscht ab sofort Ebbe, dass das mal klar ist! Du glaubst doch nicht, dass ich weiterhin die Einzige bin, die im Bett rumturnt und es dir macht, während du regungslos wie ein gestrandeter Wal da liegst."

Karl-Heinz ließ Messer und Gabel sinken und blickte sie ungläubig an.

Dann verpasste sie ihm den finalen Schlag: „Wenn du nicht abnimmst, nehme ich mir einen Liebhaber. Also kauf dir besser noch heute eine Waage, damit du den Erfolg deiner Diät, mit der du *jetzt* beginnst, überprüfen kannst. Und ich verbiete dir, meine schöne Waage zu benutzen. Die lasse ich mir von dir nicht ruinieren."

Das Besteck fiel ihm aus den Händen. Mit offenem Mund sah er seiner Frau dabei zu, wie sie ihm den Teller mit der Roulade wegnahm und aus dem Esszimmer verschwand.

Das hatte ihm jetzt zweifelsohne den Appetit verdorben. Es war ihm auf den Magen geschlagen. Karl-Heinz wollte Rita nicht verlieren. Ihm war klar, dass er etwas ändern musste. Als Erstes würde er sich eine Waage kaufen.

Es war nur noch eine Frage der Zeit, bis sich unsere Wege kreuzen sollten.

19:58 Uhr

Wie ein begossener Pudel schlich Karl-Heinz aus dem Haus in die Garage und stieg in seinen Geländewagen. Sein Ziel stand fest: der Elektromarkt im Gewerbegebiet. Es war schon spät, aber er musste den Markt unbedingt noch erreichen. Er machte sich ernsthaft Sorgen, dass seine Frau ihre Drohung wahrmachen würde. Das traute er ihr ohne Weiteres zu. Sie ging regelmäßig zum Sport ins Fitnesscenter und war Mitglied in verschiedenen Vereinen. Außerdem hatte sie einen großen Bekannten- und Freundeskreis. Für ihr Alter sah sie sehr attraktiv aus, hatte Stil und Ausstrahlung. Das schätzte er so an ihr. Gleichzeitig bedeutete es eine ernst zu nehmende Gefahr. Es würde für sie ein Leichtes sein, sich einen Liebhaber zuzulegen.

Dieser Gedanke machte Karl-Heinz nervös. Sein Gemütszustand übertrug sich auf die Fußgänger, Radfahrer und entgegenkommenden Autofahrer, an denen er mit seinem Geländewagen in unangemessener Geschwindigkeit vorbeidonnerte. Die Verkehrszeichen nahm er überhaupt nicht wahr. Statt auf die Schilder zu achten, kämpfte er auf dem Weg durch die Stadt gegen potentielle Nebenbuhler. Es waren eine ganze Menge, denn eigentlich kamen alle Männer in Frage, die schlanker waren als er. Welch eine niederschmetternde Erkenntnis! So fieberhaft er auch überlegte, er kannte keinen Mann in seinem Umfeld, der dicker war als er selbst. Mit neuer Entschlossenheit drückte er das Gaspedal durch.

Der Markt kam in Sichtweite. Es war bereits 19:51 Uhr. Ein großes Schild wies auf die Öffnungszeiten hin: *10 – 20 Uhr.*

Er drückte auf die Tube, drängte einen Radfahrer beim Vorbeifahren dermaßen zur Seite, dass dieser gegen den Bordstein fuhr und fast gestürzt wäre. Die wütend geballte Faust sah er nicht. Er dachte nur daran, dass er unbedingt eine Waage kaufen musste und dass der Markt um acht schließen würde. Einen Vorteil hatte die fortgeschrittene Tageszeit: beinahe gähnende Leere auf dem Parkplatz. Karl-Heinz parkte seinen Geländewagen unmittelbar vor dem Eingang auf einem Behindertenparkplatz und stürmte in den Markt, am Tresen vorbei.

Die bohrenden Blicke der Frau an der Kasse, die sich über sein Erscheinen so kurz vor Ladenschluss ärgerte, bemerkte er nicht. Wertvolle Sekunden vergingen, bis er die Regale mit den Waagen gefunden hatte. Verzweifelt blickte er auf die Vielzahl der Modelle. Wenn es um Mauerziegel, Planstein aus Porenbeton oder Blockziegel ging, da konnte ihm keiner etwas vormachen. Aber Waagen? Das war absolut nicht sein Revier. Beratung war nicht zu erwarten. Karl-Heinz hatte seine vorgefasste Meinung über Elektromärkte, wonach sich die Verkäufer in solchen Läden sowieso immer auf der Flucht befanden. Natürlich war auch jetzt kein Verkäufer in der Nähe.

Er musste eine Entscheidung treffen, mit oder ohne Beratung.

Gerade wollte ich mich auf eine ruhige Nacht vorbereiten, da spürte ich mächtige Erschütterungen, als hätte ein gewichtiger Paarhufer den Markt betreten. So nahm ich zum allerersten Mal Notiz von Karl-Heinz. Die Erschütterungen wurden stärker. Ihre Quelle näherte sich meinem Regal. Mir wurde angst und bange, denn das war etwas völlig anderes als die bislang erlebten Vibrationen. Der Paarhufer blieb offensichtlich vor meinem Regal stehen. Ich vernahm einige bislang nie gehörte Flüche, die von der verzweifelten Suche nach einer passenden Waage kündeten.

Dann griffen mich ohne jede Vorwarnung zwei mächtige Pranken und hoben mich aus dem Regal.

„Sieht zwar scheiße aus, ist aber egal, Hauptsache eine Waage", brummte jemand.

Zwar sollte ich später meinen Frieden mit Karl-Heinz Stöhricke schließen, doch diesen Satz verzieh ich ihm nie so ganz. Was passierte nun mit mir? Ich war völlig verwirrt.

„Kann ich Ihnen helfen?" Dieter! Die Rettung in Person näherte sich. Er hatte Karl-Heinz in seine Abteilung hasten sehen und war ihm gefolgt. Ihm machte es nichts aus, wenn ein Kunde so spät noch den Laden aufsuchte. Dieter bediente jeden zu jeder Zeit mit immer gleichbleibender Freundlichkeit. Auch Karl-Heinz Stöhrickes genervter Blick und sein hochrotes Gesicht ließen Dieter nicht von seinen Prinzipien abweichen.

„Ich habe schon, was ich brauche", antwortete Karl-Heinz barsch und drehte sich in Richtung Kasse.

„Und sie brauchen wirklich keine Hilfe?", fragte Dieter mit sanfter Stimme.

„Nein!"

Doch dann hielt Dieter den Karton mit beiden Händen fest.

„Vielleicht eine andere Waage?", fragte er verzweifelt. „Darf ich Ihnen ein neueres Modell aussuchen?"

Noch nie hatten sich zwei Menschen regelrecht um mich gerissen. In diesem Moment wurde ich von vier Händen festgehalten. Durch den Karton, durch die Folie und sogar durch das Styropor konnte ich Dieters Zuneigung spüren. Da wurde mir klar, dass er schon vor einiger Zeit beschlossen haben musste, mich in seine kleine Familie aufzunehmen. Er hatte es nur noch nicht umgesetzt, weil er bis zu Bernds Geburtstag warten wollte. Nun hatte er große Angst, dass ich ihm durch zwei grobschlächtige Pranken entrissen werden würde. Ich war ein Unikat, gehörte zu einer Flokati-Sonder-serie. Das hatte Dieter herausgefunden – und er wollte mich.

„Lassen Sie meine Waage los!", blaffte Karl-Heinz.

„Wir haben da hinten noch ein ganz neues Modell", versuchte Dieter ihn abzulenken.

Beide zogen an meinem Karton, es ging hin und her. Ich stand kurz vor der Zerreißprobe.

„Sind Sie bescheuert? Was soll das? Es ist jetzt 19:58 Uhr, der Laden schließt gleich. Lassen Sie den verdammten Karton los!"

Dieter antwortete nicht, er hielt mich nur fest. Tränen mussten ihm aus den Augen treten, denn es tropfte auf den Karton. Karl-Heinz war das nicht entgangen. Entschieden nutzte er diesen Moment der Schwäche, trat Dieter gegen das Knie und riss ihm den Karton aus den Händen.

Während sich Dieter sein Knie rieb, bezahlte Karl-Heinz an der Kasse. „Stimmt so", sagte er und warf der Kassiererin einen Hundert-Euro-Schein auf den Tresen.

Kurz vor dem Verlassen des Marktes drehte er sich noch einmal um und blickte zu Dieter, der sich noch immer sein Knie rieb.

„Danke für die Waage, du Schwuchtel!" rief Karl-Heinz voller Häme. Das war der zweite Satz, den ich ihm ewig nachtragen sollte.

Dieter werde ich nie wiedersehen, dachte ich in diesem Augenblick. Ich hoffte inständig, dass er bei Bernd Trost finden würde. Nie hätte ich gedacht, dass ich einen Menschen so ins Herz schließen könnte. Ebenso wenig hätte ich gedacht, dass er nicht der einzige Mensch bleiben würde.

Whatsapp

Karl-Heinz Stöhricke stellte mich auf die Motorhaube seines Wagens und packte mich aus. Gleißendes Licht strömte in meinen Karton. Dann quetschte er sich vor den Wagen und machte ein Selfie von uns, das er sofort per Whatsapp an seine Frau schickte.

Eine Sprachnachricht sandte er gleich hinterher: „Hallo Schatz! Guck mal, was ich hier Schönes gekauft habe. Das hättest du wohl nicht gedacht? Kuss, dein Grinsebär."

Später erfuhr ich, dass seine Frau früher *Grinsebär* als Kosenamen für ihn benutzt hatte – damals, als sie noch frisch verliebt gewesen waren. Karl-Heinz hoffte offenbar, dass diese Zeit wiederaufleben würde. Er fand wohl, dass es nicht schaden könnte, sie mit diesem Schlüsselwort aus der Reserve zu locken.

Gerade als ich mich vorsichtig an das Tageslicht gewöhnen wollte, wurde ich wieder in den Karton gequetscht. Die Dunkelheit kehrte zurück.

Was ich zu diesem Zeitpunkt noch nicht wusste, mir aber später in Ritas Badezimmer-Selbstgesprächen offenbart wurde, spielte sich in diesem Moment ein paar Kilometer entfernt ab.

Dort hörte Rita zwar das Whatsapp-Signal auf ihrem Handy, allerdings hatte sie keine Zeit, die Botschaft ihres Mannes zu lesen. Sie hatte auch keine Hand frei, denn sie befand sich in diesem Augenblick in sehr engem Körperkontakt mit ihrem Fitnesstrainer Stefan, dem sie kurz zuvor eindeutige Avancen gemacht hatte. Das ging schon seit ein paar

Wochen so. Die Szene am Esstisch hatte sich Rita ausgedacht, damit sie, falls Karl-Heinz sie irgendwann einmal mit Stefan in flagranti erwischen würde, ihrem Mann vorhalten konnte, dass sie ihn ja gewarnt habe und er selbst schuld sei.

Hätte Karl-Heinz das gewusst, hätte er mich auch in Ruhe am nächsten Tag kaufen können, ohne diesen ganzen Stress. Doch er hatte keine Ahnung vom Treiben seiner Gattin. Er verfrachtete mich in sein Auto und fuhr los.

So verließ ich den Elektromarkt zusammen mit dem Maurermeister Karl-Heinz Stöhricke. Auf dem Weg zu seinem Domizil raste er wie ein Verrückter. Erst als wir das Grundstück erreicht hatten, verlangsamte er die Fahrt. Ich hörte ein Geräusch, dass ich damals noch nicht kannte. Es stammte vom Kies. Karl-Heinz stoppte den Wagen, stieg aus und stellte mich im Flur des Hauses ab. Für den Rest des Tages passierte nichts.

Licht

Am nächsten Morgen hörte ich Karl-Heinz und Rita laut miteinander streiten. Sie führten eine hitzige Debatte.

Den Wortfetzen, die ich aus den Gesprächen zwischen ihnen erhaschte, entnahm ich, dass Karl-Heinz abnehmen und den Erfolg dieses Unternehmens mit meiner Hilfe dokumentieren wollte. Zu diesem Zweck hatte er mich Dieters Händen entrissen. Das war grundsätzlich eine gute Nachricht, denn schließlich würde ich meiner wahren Bestimmung gerecht werden. Und vor allem: Endlich würde ich das Tageslicht erblicken! Das konnte ich kaum erwarten. Wie es wohl mit mir weitergehen würde?

Am Nachmittag des nächsten Tages hockte ich noch immer im Flur. Der Hausherr war in seiner Firma und Rita versüßte sich den Nachmittag mit ihrem Fitnesstrainer.

Langsam kamen mir auch Bedenken. Was, wenn ich nach meinem ersten Einsatz gleich defekt sein würde. Nach den Erschütterungen zu urteilen, die ich spürte, wenn Karl-Heinz vorbeiging, wog er bestimmt hundertzwanzig Kilo.

Wiegevorgänge in diesem Bereich sind für alle Waagen eine echte Herausforderung. Das gilt insbesondere dann, wenn es gleich zu Beginn so knüppeldick kommt und man sich nicht allmählich daran gewöhnen kann.

Abends war es dann endlich soweit. Noch war ausreichend Tageslicht vorhanden, sodass ich den Schritt aus der Dunkelheit sicher genießen konnte. Karl-Heinz packte mich sehr ungestüm aus, wodurch meine Vorfreude etwas gebremst wurde.

Erst riss er den Karton auf, dann zog er die Plastikfolie ab und schmiss alles auf den Boden. Für einen Augenblick war ich geblendet von hellem Licht.

Weil Karl-Heinz mich so unsensibel ausgepackt hatte, schauderte mir nun noch mehr vor dem, was da kommen würde. Er trug mich ins erste Obergeschoss zu einem Zimmer an der Hauseingangsfront. Ein weiß gekachelter Raum erwartete mich. Als ich mich vollends an die Helligkeit gewöhnt hatte, sah ich Karl-Heinz mit in die Hüfte gestemmten Speckarmen auf mich herabblicken. Meine Feder zitterte ohne mein Zutun, solch eine Angst hatte ich vor seinem Gewicht.

Etwas verzweifelt, aber auch neugierig sah ich mich um. Karl-Heinz hatte mich neben die Wäschetruhe gestellt, die gleichzeitig ein stabiles hölzernes Sitzmöbel war und direkt unter dem Fenster stand. Dies also war mein zukünftiges Zuhause. Ich hätte es schlechter treffen können. Das Badezimmer kam mir riesig vor. Sicher hatte es eine Grundfläche von ungefähr zwanzig Quadratmetern. Weiße Fliesen mit schön anzusehenden bunten Applikationen schmückten den Raum. Badewanne, Wellness-Dusche und zwei Waschbecken ließen keine Wünsche offen. Durch zwei großzügige Fenster, die gerade gekippt waren, wurde der Raum mit Licht geflutet. Mir zum Teil noch unbekannte Geräusche drangen von draußen herein. Dank meines ausgezeichnet entwickelten Gehörs sowie der besonderen Auffassungs- und Kombinationsgabe von uns Waagen sollte ich schnell lernen, am Knirschen des Kieses zu erkennen, welches Auto über den Weg fuhr.

Alles in allem war meine neue Umgebung ansprechend und bot hervorragende Arbeitsbedingungen.

Nun stand ich also auf dem Boden des Badezimmers und Karl-Heinz blickte mich eine Weile schweigend an.

„Die sieht zwar noch immer scheiße aus, aber egal", brummelte er.

Idiot, dachte ich.

„Rita, komm mal ins Badezimmer", brüllte er durch das Haus, „und guck dir meine neue Waage an."

Nach einem Moment erschien Rita auf der Bildfläche. Ihr Anblick ließ meinen Zeiger zittern. Sie blickte auf mich herab.

„Ist die süß und so kuschelig", hauchte sie, kniete sich zu mir herunter und streichelte über meinen Flokati.

Das war ein sehr wohliges Gefühl, erneut zitterte mein Zeiger.

„Schau mal, die zeigt sogar die paar Gramm an, wenn ich mit meiner Hand darüberstreiche. Woher hast du denn dieses Schmuckstück?", fuhr sie fort.

„Nach der habe ich schon sehr lange gesucht, mein Schatz", log Karl-Heinz.

„Dann willst du also wirklich abnehmen, mein kleiner Grinsebär?"

„Genauso ist es! Ich will schon seit langem abnehmen, wollte dich überraschen. Und das Beste: Ich mache das nur für dich!"

Rita lächelte ihn an und tätschelte seinen Bauch. Dann verließ sie das Badezimmer.

Hoch motiviert rief er ihr hinterher: „Um das Gewicht nicht zu verfälschen, werde ich mich immer nackt wiegen. Die Tür ist immer auf, mein Schatz! Ich wiege mich gleich mal." *Das ist nicht dein Ernst*, dachte ich. *Davon haben mir meine Eltern nichts erzählt*, klagte ich still.

Viel lieber wollte ich Rita wiegen. Ich sehnte mich in die Dunkelheit meiner Verpackung zurück, als Karl-Heinz begann, sich langsam auszuziehen. Sein Anblick war für eine Waage beängstigend. Ich konnte durchaus verstehen, warum ihn seine Frau zum Abnehmen genötigt hatte.

Als er ganz nackt war, kam er langsam näher, hob sein rechtes Bein, setzte den rechten Fuß auf meine Trittfläche – und hielt inne. Offensichtlich dachte er über etwas sehr Wichtiges nach. Nach fünfzehn Sekunden machte er ein Gesicht, als hätte er soeben das Ei des Kolumbus entdeckt. Dann nahm er den Fuß von mir und setzte sich auf die Toilette.

Nicht das auch noch!, schoss es mir durch den Kopf. Ich dachte an das, was meine Mutter gesagt hatte: *Groß oder klein, das ist hier die Frage*. Damals hatte das nicht so bedeutend geklungen. Jetzt aber belastete es mich doch sehr. Wie schon erwähnt verfügen wir Waagen über einen ausgezeichneten Geruchssinn, und meiner wurde gerade ziemlich strapaziert. Inständig hoffte ich, dass dieser Tag endlich vorübergehen würde.

Rache ist süß

Während ich versuchte, mich auf das Unabwendbare vorzubereiten, kam mir ein weiterer Satz meiner Mutter in den Sinn: *Wenn du deine Feder richtig beherrschst, kannst du glatt fünf Kilo dazu oder hinfort mogeln.*

Ich musste an Stöhrickes unverzeihliche Verfehlungen denken: *Sieht zwar scheiße aus, ist aber egal, Hauptsache eine Waage* – das war die eine Verfehlung. Und die andere: *Danke für die Waage, du Schwuchtel!* Das hätte er nicht sagen sollen.

„Rache ist süß, Freundchen!", lautete meine Kampfansage. Er würde für seine unflätigen Worte bezahlen.

Die Klospülung rauschte. Karl-Heinz machte sich auf den Weg zum Wiegen. Ganz sicher hatte er sich jahrelang nicht mehr gewogen und dementsprechend die größten Befürchtungen.

„Oh, Mann, sicher über hundert Kilo", sagte er zu sich selbst.

Damit unterlag er ganz offensichtlich einer krassen Fehleinschätzung. Dann setzte er einen Fuß auf meinen Bauch und belastete sein Bein. Mir blieb für kurze Zeit die Luft weg, es fühlte sich noch weitaus heftiger an als befürchtet.

„Na gut, es könnten auch hundertzwanzig Kilo sein. Ich bin ja auch ziemlich groß ...", versuchte er, sich Mut zuzusprechen.

Es sollte ihm nichts nützen. *Dir zeige ich es, Blödmann!*, sagte ich mir.

Dann legte ich all meine Erfahrung, meine ganze Kraft und Konzentration in die Kontraktion meiner Feder.

KarlHeinz setzte den zweiten Fuß auf und lastete nun mit seinem ganzen Körper auf mir. Es war ein Gefühl, als wäre ich die unterste in einem Stapel von tausend Waagen.

Doch das bedrückte mich nicht so sehr, denn ich befand mich in einer Phase höchster Konzentration. Für einen klitzekleinen Moment ließ ich ihm ein Gefühl der Sicherheit, als ich hundertneunzehn Kilo anzeigte.

„Puh, das war knapp, immerhin noch unter hundertzwanzig", stöhnte ein sichtlich erleichterter KarlHeinz.

Dann gab ich alles. Mein Zeiger zitterte sich von hundertneunzehn bis auf hundertachtundzwanzig Kilo.

Karl-Heinz bekam einen heftigen Schweißausbruch. Seine Kinnlade senkte sich, seiner Kehle entrang sich ein entsetztes: „Oh, nein!"

Volltreffer! Die Rache für Dieter hatte gesessen. Meine Freude währte jedoch nur kurz. An den sich verzerrenden Gesichtszügen und der puterroten Farbe erkannte ich, dass ich möglicherweise übertrieben hatte. In ihm kochte die Wut hoch. Mir war sofort klar, dass ich unvermittelt zum Sündenbock gestempelt und damit zum Ziel seines Zorns wurde.

Er stieg von mir runter, mein Zeiger knallte auf die Null-Kilo-Marke zurück. Dann packte er mich mit seinen Wurstpranken fest an beiden Seiten, hob mich hoch und drohte, mich in der nächsten Sekunde auf die Badezimmerfliesen zu schmettern. Mein Gehäuse ächzte. Mein letztes Stündlein schien geschlagen zu haben.

Einmal wiegen und dann sterben – dieses tragische Ende hatte ich doch nicht verdient. Ich war noch keine siebenundzwanzig Monate alt, also entschieden zu jung zum Sterben. Ich wollte leben!

Rita

Es war Rita, die mir das Leben rettete. „Und, wie viel wiegst du?“, rief sie aus dem Flur.

Karl-Heinz hielt mich mit einem Reflex, den ich ihm niemals zugetraut hätte, gerade noch fest und stoppte die Abwärtsbewegung seiner Arme. Das war knapp gewesen!

„Etwas über hundert Kilo, mein Schatz“, log er dreist mit säuselnder Stimme.

Gespannt wartete ich darauf, ob sie seine Lüge entlarven würde. Rita erwies sich als gnädig. „Prima, dann musst du gar nicht so viel abnehmen wie wir dachten. Am besten wiegst du dich ab sofort jeden Tag, mein Grinsebär.“

Ich saß ziemlich tief in der Patsche. Morgen würde er sich erneut wiegen. Wenn ich ihm wieder neun Kilo aufschlug, wäre mein Schicksal dann besiegelt? Und wenn ich die echten hundertneunzehn Kilo anzeigte, würde er mich dann als defekte Waage zurück in den Markt bringen? Gut, dann bestand immerhin die Aussicht, Dieter wiederzusehen. Aber wer konnte mir garantieren, dass mich Filialleiter Ingo nicht als Schrott aussortieren würde? Schließlich hatte er mich von Anfang an nicht gemocht. Mir stand eine schlaflose Nacht bevor.

Am nächsten Tag sollte mir Rita erneut zu Hilfe kommen. Beim Frühstück unterhielt sie sich mit ihrem Mann darüber, wie er am besten abnehmen könnte.

Ich möchte an dieser Stelle noch einmal darauf hinweisen, dass wir Waagen über ein mehr als ausgezeichnetes Gehör verfügen. Im Hause Stöhricke war ich in der Lage, bei angelehnter Badezimmertür jedes in Zimmerlautstärke

geführte Gespräch, sogar in der oberen Etage, zu verstehen.
Kleinlaut gestand er ihr, dass ich am Vorabend hundertachtundzwanzig Kilo angezeigt hatte. Seine Ehrlichkeit kam bei
ihr gut an, sodass sie ihm spontan einen Kuss gab. Auch
Geräusche konnte ich von meinem Standort aus hören. Das
laute Schmatzen, das Karl-Heinz beim Küssen von sich gab,
war allerdings sogar für ungeübte Ohren kaum zu
überhören. Ich konnte mich des Eindrucks nicht erwehren,
dass dies der erste Kuss seit langer Zeit war.
Als sie ihm dann noch erklärte, dass sie mich mit meinem
weinroten Flokati total niedlich fände, war ich gerettet.
Karl-Heinz speicherte wohl unbewusst die Assoziation:
Flokati gleich Kuss.
Jedenfalls betrachtete er mich fortan oft mit einem Lächeln.
Ich machte mir keine Sorgen mehr über meine Zukunft.
Das war auch die Grundvoraussetzung dafür, dass wir beide
später gut miteinander auskamen.

Rita war nach meiner Mutter die erste Frau in meinem
Leben. Dieter zählte ich nicht zu dieser Kategorie, auch
wenn er feminine Züge hatte. Rita war so ganz anders als ihr
Mann – mit ihrer angenehmen Stimme, mit ihrer ganzen Art.
Außerdem sah sie entschieden besser aus als er.
Einige Wochen nach meinem Einzug fing sie an, sich auf
mir zu wiegen. Das versüßte mir meinen Job und ließ mich
die regelmäßige grobschlächtige Annexion meines Bauches
durch Karl-Heinz leichter ertragen. Zwar hatte Rita eine
eigene Waage in ihrem Ankleidezimmer, was ich aus einem
Dialog wusste, doch mittlerweile war es Herbst und sie
fröstelte etwas.

So fand sie Gefallen an meinem warmen Flokati. Im Gegensatz zu Karl-Heinz stellte sie sich niemals nackt auf mich. Schade! Es wäre sicher ein erfreulicher Anblick gewesen.

Wasserwaagen

Im Hause Stöhricke lernte ich stetig Neues über das Leben der Menschen und über ihre Alltagsgegenstände. Ich sah viele Dinge zum ersten Mal, was hauptsächlich dem Umstand geschuldet war, dass ich nicht mehr in einem Karton hauste.

Der Herbst neigte sich seinem Ende zu, das Jahresende nahte. Zu Weihnachten wünschte sich Rita einen neuen Spiegelschrank für das Badezimmer. Für Karl-Heinz war das Anbringen kein Problem, Handwerk war schließlich sein Fach. Gut gelaunt machte er sich ans Werk. In letzter Zeit hatte er oft gute Laune. Grund dafür war, dass er inzwischen schon echte fünfzehn Kilo abgenommen hatte.

Diese Entwicklung nutzte ich, um meinen Aufschlag langsam, aber sicher zu drosseln, damit mein Betrug nicht aufflog. Nur zehn der fünfzehn Kilo, die er verloren hatte, waren ihm daher auch bekannt. Die übrigen fünf konnte ich ihm leider noch nicht offenbaren. Somit hatte ich meinen Aufschlag von neun auf fünf Kilo verringert. In dieser Zeit musste ich alles jeden Tag sicherheitshalber neu berechnen, um nicht entlarvt zu werden. Ich hatte mir vorgenommen, den Aufschlag erst dann ganz wegzulassen, wenn Karl-Heinz die 85-Kilo-Marke erreicht hatte.

Interessiert beobachtete ich Karl-Heinz beim Anbau des Spiegelschranks. Verwundert war ich über eine circa vierzig Zentimeter lange Stange, mit der er hantierte. Dieses Werkzeug hatte ich bislang noch nicht gesehen. Als er die Stange nicht mehr brauchte, lehnte er sie gegen die Wand, nicht weit von mir entfernt.

Karl-Heinz beendete sein Werk und verließ das Badezimmer. Die Stange vergaß er, genau wie ich.

Den neuen Spiegelschrank hatte ich nach ein paar Tagen ausführlich betrachtet und für gut befunden. Aber außer dem Spiegelschrank war noch etwas verändert in meinem Badezimmer. Irgendwie fühlte ich mich beobachtet. Da fiel mir die Stange wieder ein. Ich blickte zu der Stelle, an der Karl-Heinz sie vergessen hatte und musterte sie genauer. Auffällig waren zwei Einbuchtungen mit Glaseinsätzen, in denen sich eine Flüssigkeit befand. *Wie Glasaugen!*, dachte ich.

Nach einer weiteren Stunde wurde mir endlich klar, dass es genau diese Glasaugen waren, die mich schon die ganze Zeit anglotzten.

„Was ist?", fragte ich.

Zunächst ignorierte sie meine Frage. Nach ein paar Minuten antwortete sie: „Nichts."

„Warum starrst du mich dann so an?", entgegnete ich.

„Du bist eine Personenwaage."

„Hast du damit ein Problem?"

Die Glasaugen verengten sich. „Ich nicht, aber du!"

„Aha, und wie kommst du darauf?"

„Das liegt ja wohl auf der Hand. Auf dir trampeln alle herum."

Die Situation konnte ich überhaupt nicht einschätzen. Ich hatte keine Ahnung, worauf die Stange hinauswollte. „Das lass mal meine Sorge sein", war die einzige Antwort, die mir einfiel.

Wir schwiegen etwa für eine Stunde. Dann warf sie meinem Flokati einen besonders verächtlichen Blick zu und sagte leise: „Wer hat dir denn dieses Fell aufgezogen?"

Es war ganz klar, dass sie mich damit provozieren wollte. Bevor ich antworten konnte, erschien Karl-Heinz mit der Werkzeugkiste im Badezimmer, schnappte sich die Stange und verstaute sie im dunklen Innern.

„Gute Nacht!", rief ich ihr hinterher.

Etwas später erfuhr ich, dass ich an diesem Tag meine erste Wasserwaage kennengelernt hatte – die mit Abstand charakterloseste und arroganteste Art von Waagen auf diesem Planeten.

Goldwaagen

Noch immer träumte ich von Zeit zu Zeit, eine Briefwaage zu sein, vor allem dann, wenn Karl-Heinz sich wog. Als Briefwaage wäre mir das nämlich erspart geblieben. Die Briefwaage war für mich lange Zeit die edelste und feinste unter den Waagen.

Im Hause Stöhricke lernte ich dann aber, dass noch weitaus filigranere Waagen existierten: Goldwaagen.

Zum ersten Mal hörte ich von dieser Art, als Rita und Karl-Heinz heftig miteinander stritten. Rita sezierte alle Argumente von Karl-Heinz gnadenlos, nahm jeden Satz auseinander und rieb ihm die Widersprüche in seinen Äußerungen knallhart unter die Nase. Das tat sie regelmäßig, denn Karl-Heinz war ihr intellektuell in allen Belangen unterlegen.

Wieder einmal wurde er von ihr verbal an die Wand gedrückt. In seiner Ohnmacht brüllte er sie schließlich wütend an: „Du musst auch jedes verdammte Wort auf die Goldwaage legen!" Dann knallte die Tür, er brauste mit seinem Auto davon.

Meine Neugierde war geweckt. Von einer Goldwaage hatte ich bis zu jenem turbulenten Streit noch nie etwas gehört. Ich war fasziniert. Mein bislang sehnlichster Wunsch, eine Briefwaage zu sein, wurde genährt von der Hoffnung, Briefe lesen zu können. Anscheinend gab es aber noch etwas viel Erstrebenswerteres, nämlich ein Leben als Goldwaage. Dann würde ich Worte wiegen! Genau das hatte Karl-Heinz gerade gesagt.

Wäre ich eine Goldwaage, dann würden sich mir Worte, vielleicht sogar einzelne Buchstaben, anvertrauen, ohne dass sie auf Papier gefesselt und in einem Umschlag eingepfercht wären. Wie unglaublich fein würde ich wiegen! Was mochte ein Wort wiegen? Fünf tausendstel Gramm? Und ein Buchstabe? Vielleicht ein tausendstel Gramm? Welch feiner Mechanismus würde in mir ruhen, der in der Lage wäre, Worte zu wiegen?

Die Goldwaage – da hegte ich keinen Zweifel – hatte ihren Platz auf dem Olymp der Waagen. Das Leben einer Briefwaage kam mir nur noch gewöhnlich vor.

Hyperhidrosis pedis

Rita und Karl-Heinz lebten nicht allein im Haus. Sie hatten einen Sohn namens Sammy. Von Anfang an hatte ich in Gesprächen seiner Eltern von seiner Existenz gehört. Auch hatte ich Geräusche vernommen, die auf ihn schließen ließen: Schritte auf dem Kies, unspezifisches Reden und Singen … Nicht zu vergessen die eher aggressiven Gespräche der drei Stöhrickes zwischen Tür und Angel. Allerdings bekam ich Sammy viele Monate lang nicht zu Gesicht.

Sammy wohnte in der großzügigen Einliegerwohnung, die Stöhrickes in weiser Voraussicht beim Hausbau von Beginn an mit eingeplant hatten. Grund dafür waren abschreckende Beispiele aus dem Bekanntenkreis, bei denen der Nachwuchs einfach nicht ausziehen wollte. Um dieser Gefahr etwas entgegensetzen zu können, waren sie auf die Idee mit der Einliegerwohnung gekommen. Ursprünglich hatten sie geplant, dass Sammy mit etwa vierzehn Jahren dort einziehen sollte.

Sammy war aber so renitent und nervig, dass sie ihn schon mit zwölf Jahren in die Einliegerwohnung verfrachtet hatten. Dort benutzte er auch sein eigenes Badezimmer.

Seine Eltern verdrängten das mit Sammy so gut es eben ging. Rita hatte keine Lust, sich das Abwiegen von Worten vorwerfen zu lassen. Deshalb hatte sie schon lange damit aufgehört, ihren Sohn zu ermahnen, sein Verhalten zu ändern und ihrem Mann vorzuhalten, er würde sie bei der Erziehung nicht ausreichend unterstützen. „Der Junge wird schon wissen, was er tut", meinte Karl-Heinz lapidar, wenn sie Sammys Lebensweise doch einmal zum Thema machen wollte. Aus diesen Gründen hatte ich so lange kaum Notiz von ihm genommen.

Das änderte sich an jenem Tag, an dem Sammy im Haus seiner Eltern eine Waage suchte. In der Einliegerwohnung gab es nämlich keine. Bis zu diesem Tag hatte Sammy keine gebraucht, denn er interessierte sich nicht für sein Gewicht. Es war ihm egal gewesen, dass er drauf und dran war, seinem Vater diesbezüglich den Rang abzulaufen. Sammy trieb keinen Sport und hielt sich überwiegend in seinem abgedunkelten Zimmer auf. Seine Mutter hatte ihm oft vorgeworfen, dass es in seiner Bude nach den Chips roch, die er bei seinen stundenlangen Online-Spielen am PC mit Cola herunterspülte.

Es war ein junges Mädchen, das Sammy in mein Badezimmer trieb. Er hatte ein Auge auf Lisa geworfen, was dieser nicht entgangen war.

Irgendwann ging es dann los. Lisa besuchte Sammy und ich kriegte so einiges mit, denn sie unterhielten sich gern im Flur. Sammy konnte durchaus charmant sein, wenn auch nicht in Gegenwart seiner Eltern. Die Tatsache, dass er mit seinen sechzehn Jahren schon eine eigene Wohnung hatte, machte ihn für Lisa attraktiv. Auch das große Haus seiner Eltern, der protzige Geländewagen und die Firma seines Vaters machten ihn interessant. Sammy umgarnte Lisa bei jeder sich bietenden Gelegenheit, aber so richtig wollte sein Werben nicht fruchten.

Bis sie ihm eines Tages im Flur des Hauses in den Bauch pikste und neckte: „Ein wenig abnehmen könntest du schon, findest du nicht auch? Weißt du eigentlich, wieviel du wiegst?" So war das also, sie fand ihn zu dick.

Diese Worte lösten bei Sammy offensichtlich einen ungeahnten Motivationsschub aus. Er wollte sich unbedingt wiegen und dabei ein Selfie als Beweisfoto machen, um es seiner angebeteten Lisa später nach erfolgreicher Verwandlung in einen schlanken Adonis stolz präsentieren zu können. Eine Waage musste also her.

So wie sein Vater damals zielstrebig den Elektromarkt heimgesucht hatte, so zielstrebig stellte Sammy noch am Tag des provozierenden Piksers das elterliche Haus auf der Suche nach einer Waage auf den Kopf.

So kam es, dass er in mein Badezimmer stürmte und mich auch sofort herzlich begrüßte: „Da steht ja eine. Abgefahren – mit Teppich drauf!"

„Der ist ja nett", urteilte ich nach meinem ersten Eindruck. Mir kamen leise Zweifel, ob das tatsächlich der leibliche Sohn von Karl-Heinz war.

Gespannt wartete ich darauf, dass mich der junge Mann betrat. Er sah zwar schwer aus, doch bei weitem nicht so schwer wie sein Vater. Es würde ein Leichtes für mich sein. Zumindest dachte ich das.

Dann machte ich eine neue schmerzhafte Erfahrung. Sammy zog seine Turnschuhe aus. Völlig unvorbereitet geriet ich in ein Geruchsinferno, ausgelöst durch seine Schweißfüße. Ich ärgerte mich über mich selbst, weil ich des Öfteren über eine große Sitzung des Hausherrn die Nase gerümpft hatte. Was ein wirklich übler Geruch war, erfuhr ich erst jetzt.

Mir kam dieser Gestank lebensbedrohlich vor. Ich dachte sofort an alle möglichen gegorenen Käsesorten. Spontan fielen mir eine Menge Worte für dieses Unheil ein: Käsefüße, Käsequanten, Käsebotten, Käsemauken … Esrom duftete dagegen wie ein Frühlingserwachen.

Sammys Füße kamen einer Götterdämmerung gleich. Jungs in seinem Alter neigten zu Schweißfüßen, das hatte ich bereits beiläufig gehört. Sie sind besonders anfällig, weil sie gern und lange das immer gleiche Paar Turnschuhe tragen.

Sammy vergaß vor seinem Computer nicht nur die Zeit, sondern auch, sich die Schuhe auszuziehen. Aber dass es so schlimm sein konnte, wäre mir niemals in den Sinn gekommen.

Er hockte jetzt auf dem Rand der Badewanne, entledigte sich seiner Schuhe, der Jeans und des T-Shirts. Nur noch mit Unterhose und Socken bekleidet stand er auf und machte einen Schritt in meine Richtung. Wo eben noch seine Füße waren, konnte ich nun ganz deutlich Abdrücke sehen. Die Fliesen waren nass. Ich vermutete, dass Sammy es sich bestimmt nicht ausgesucht hatte, unter Hyperhidrosis pedis zu leiden. Er hatte nun mal Pech, dass sein vegetatives Nervensystem so aktiv und seine Schweißdrüsen so überdurchschnittlich groß waren. Das ergab im Ergebnis eine Menge Feuchtigkeit, die beispielsweise in Turnschuhen verzweifelt nach einem Ausgang suchte. Mit seinem Verhalten verschärfte er die Symptome maßgeblich. Er hätte Schuhe und Strümpfe nach der Schule ausziehen müssen, damit Licht und Luft seine Füße trockneten. Dazu noch täglich ein Fußbad, das hätte sicher eine Menge gebracht. Doch diese effektiven Gegenmaßnahmen kamen ihm nicht in den Sinn.

Sammys Füße kamen bedrohlich näher. Zu allem Überfluss zog er auch noch seine Socken aus, die so fürchterlich nass waren, dass der Stoff sicher keinen weiteren Schweiß mehr aufnehmen konnte.

Die Kontamination meines Flokati stand kurz bevor. Ich wusste nicht, wie ich das verhindern konnte. Es ging nur noch um Schadensbegrenzung. Ich musste alles dafür tun, dass Sammys Besuch ein einmaliges Ereignis blieb. Ein Teil meiner Wiegefläche war bereits durchnässt, als ich einen grandiosen Einfall hatte und alles in die Waagschale warf. Was bei seinem Vater funktionierte, müsste auch bei ihm funktionieren. Warum sollte das nicht möglich sein?

Sammy setzte auch den zweiten Fuß auf und verwandelte meinen Flokati endgültig in ein Feuchtbiotop. Gespannt blickte er auf meine Skala. Mein Zeiger wanderte los: zehn Kilo, zwanzig Kilo, vierzig Kilo, sechzig Kilo. Kurz vor der Achtzig-Kilo-Marke begann ich mit meinem Federspiel und hielt dagegen, sodass der Zeiger sich immer langsamer bewegte, bis er schließlich bei achtundachtzig Kilo verharrte.

Sammy traute seinen Augen nicht. Ich wusste, dass er sein Gewicht auf mindestens fünfundneunzig Kilo geschätzt hatte. Es waren sechsundneunzig, um genau zu sein, doch die zeigte ich ihm ja nicht an. Ach, wie gut es mir doch gelang, das Gewicht meiner Probanden ganz nach Belieben nach oben und unten zu beeinflussen!

Überglücklich stieg Sammy von mir runter und zog sich wieder an. Er war mit sich im Reinen und hochzufrieden.

„Wozu brauche ich eigentlich eine Waage?", sagte er zu sich selbst. „Ich wusste doch, dass ich nicht zu schwer bin. Für die Fitness muss ich einfach nur etwas Sport treiben. Frühestens in einem halben Jahr werde ich mich wieder wiegen, das reicht völlig aus. Soll Lisa mal sehen!" Dann strich er mit seiner Hand über meinen Flokati. „Gute Waage!", lobte er.

Nass, aber beruhigt, ließ er mich zurück. Ich war mir sicher, dass ich ihn mit dem für seine Größe und seine Statur doch recht passablen Gewicht glücklich gemacht hatte. Künftig würde er darauf verzichten, mich heimzusuchen.

Genauso hat es sich dann auch zugetragen, mein Einsatz hatte sich voll und ganz gelohnt. Nach meinem Motivationsschub begann Sammy tatsächlich, Sport zu treiben. Er fühlte sich mit seinen alternativen achtundachtzig Kilo sogar für ein regelmäßiges Lauftraining gewappnet. Ich hatte manches Mal allerdings ein schlechtes Gewissen, als ich durch das geöffnete Badezimmerfenster hörte, wie er heftig atmend seine realen sechsundneunzig Kilo nach einem Fünf-tausend-Meter-Lauf über die Hofeinfahrt schleppte.

Unter dem Strich taten ihm meine alternativen Fakten aber sehr gut. Nach ein paar Monaten war er bei echten zweiundachtzig Kilo angelangt, wie ich einem Flurgespräch zwischen den Eheleuten Stöhricke entnehmen konnte.

Sammy hielt sein Versprechen, mich nicht mehr zu betreten. Bei der Aufnahme im Fitnesscenter verweigerte er das eigentlich obligatorische Wiegen.

Er wog sich erst wieder, nachdem er ein halbes Jahr trainiert hatte und seine Fortschritte für alle sichtbar waren. Wir hatten also alles richtig gemacht: Sammy mit seinem Training und ich mit meinem kleinen Motivationsschub.

Ein Körperteil

Als ständigem Bewohner eines Badezimmers blieben mir Details intimer menschlicher Angelegenheiten nicht verborgen. Entsprechende Erfahrungen machte ich im Hause Stöhricke relativ schnell.

Gegenüber Waagen nehmen Menschen im Allgemeinen diesbezüglich leider keinerlei Rücksicht. Warum sollten sie auch? Nur einer von hunderttausend Menschen ist sensibel genug, zu spüren, dass auch wir Waagen hören, sehen und fühlen können.

Karl-Heinz gehörte nicht zu den wenigen Auserwählten. Das wurde mir in dem Augenblick klar, als er seiner Rita zurief: „Damit die Waage auch ganz genau anzeigt, werde ich mich immer nackt wiegen, mein Schatz!"

Wie ich bereits berichtet habe, blieb es nicht bei dieser vollmundigen Ankündigung, ihre Umsetzung war schon von Beginn an Teil meines Alltags im Hause Stöhricke. So wurde ich relativ schnell ein versierter Kenner der männlichen Anatomie. Ich empfand das nicht gerade als eine Auszeichnung. Viel lieber wäre ich ein Unwissender geblieben, der nie in seinem Leben das männliche Gemächt zu sehen bekommen hätte.

Als Karl-Heinz mich zum ersten Mal nackt betrat, rätselte ich über dieses Körperteil, das offenbar zwei wertvolle rundliche Gegenstände aufbewahrte. Es schien so eine Art Familenschatz zu sein. Ich fragte mich, warum man so etwas nicht irgendwo in einer stabilen Kiste aufbewahrte, zum Beispiel in der Werkzeugkiste.

Zu Beginn seiner Bemühungen, sein Gewicht zu reduzieren, wies Karl-Heinz noch einen sehr ausladenden Bauch auf. Dabei äußerte er einmal die Befürchtung, das Gemächt überhaupt nicht mehr sehen zu können. Aus der Perspektive des Mannes mochte das zutreffen, nicht jedoch aus der Perspektive der Waage. Wenn es sich um einen Nackt-Wieger handelt, bleibt einer Waage der Anblick dieses Körperteils in der Regel nicht erspart. So erging es mir jedenfalls. Ich konnte mir zwar vorstellen, dass es Fälle von extremem Übergewicht gab, in denen eine riesige Fettschürze das Gemächt in völlige Dunkelheit tauchte. Bei Karl-Heinz war das nicht der Fall. Voller Ungeduld wartete ich auf den Tag, an dem er dem Nacktwiegen endlich abschwören würde.

Mein erster Brief

Meinen Traum, eine Goldwaage zu werden, legte ich in dem Moment zu den Akten, in dem mir klar wurde, was Karl-Heinz wirklich gemeint hatte. Also kehrte ich zu meinem ursprünglichen Traum vom Dasein als Briefwaage zurück. Das schien mir sowieso realistischer. Weiterhin lebte ich im Hause Stöhricke in den Tag hinein und hoffte, irgendwann einmal meine ersten Zeilen zu lesen, um wenigstens in Grundzügen zu wissen, wie sich das Leben als Briefwaage anfühlte.

Eines Tages war es soweit. Zum ersten Mal durfte ich Buchstaben und Wörter lesen. Ein Blatt Papier segelte unverhofft von der Fensterbank im Badezimmer herab und blieb genau auf meinem Bauch liegen. Karl-Heinz hatte es zuvor mit ins Badezimmer gebracht und dort durchgelesen. Das hatte er noch nie gemacht. Ich maß diesem Umstand keine besondere Bedeutung zu.
Diesen Brief allerdings wollte er Rita unbedingt vorenthalten, was ihn zu der heimlichen Leseaktion im Bad bewogen hatte. Das war mir zu dem Zeitpunkt, als das Blatt fiel, allerdings noch nicht bewusst.
Voller Vorfreude blickte ich auf die Buchstaben und hoffte auf Zeilen vom Kaliber der *Goetheschen Verzückungen* für seine Charlotte. Je mehr ich las, desto mehr schwand jedoch meine Hoffnung auf eine erquickliche Premiere.
Es begann damit, dass ich anhand der Gleichmäßigkeit der Schrift erkannte, dass es sich nicht um Handgeschriebenes handelte. Entweder war es mit der Schreibmaschine verfasst

oder von einem Drucker auf das Papier gedruckt worden. Durch Erzählungen im Haus Stöhricke waren mir diese Vorgehensweisen geläufig.

Das Blatt war punktgenau gelandet, der obere Rand wurde meiner Skala sozusagen auf dem Präsentierteller gereicht: *Finanzamt Homburg.* Finanzamt Homburg? Das klang wenig romantisch. Die Zeilen, die folgten, waren seltsam, monoton, einschläfernd und ohne jeden Wortwitz. Sie wären eines Goethe nicht würdig gewesen. Aber wenigstens der letzte Satz zeigte etwas Gefühl:

Aus den vorgenannten Gründen können wir Ihre Selbstanzeige vom 28.03.2017 (siehe Anlage 1) leider nicht als strafmildernd anerkennen.

Ich fragte mich, wo die Anlage 1 war und vermutete, dass da noch ein zweites Blatt auf der Fensterbank lag. Vielleicht fanden sich die von mir erhofften romantischen Wortspiele in dieser Anlage? Ich wartete auf einen Windzug, der Anlage 1 ebenfalls zu mir herunterwehen würde. Es war nur eine Frage der Zeit, bis ich weiterlesen durfte.

Nach einer geschlagenen Stunde hatte das Warten ein Ende. Der Wind erzählte mir sozusagen ein Lied, indem er mir Anlage eins in Form des zweiten Blattes zukommen ließ. Gespannt entzifferte ich Zeile für Zeile:

Sehr geehrte Damen und Herren,

bei der Sankosch-Bank in der Schweiz wird seit dem Jahr 2005 ein auf mich lautendes Konto/Depot geführt. Die in den Veranlagungszeiträumen 2005 bis 2015 mittels verschiedener Anlageformen erzielten Erträge wurden

einkommensteuerlich bislang nicht berücksichtigt.
In den Veranlagungszeiträumen erzielte ich Erträge in folgender Höhe: 1.563.568 Euro.
Ich bitte um steuerliche Berücksichtigung.

Hochachtungsvoll
Karl-Heinz Stöhricke

Insgesamt war ich sehr enttäuscht von meinem ersten Brief. Ich hatte mir so viel erhofft. Jetzt verstand ich nicht mehr, wieso ich mich in meiner Jugend so sehr nach einem Leben als Briefwaage verzehrt hatte.

Dabei ahnte ich nicht, dass diese harmlos klingenden Zeilen bald ein großes Abenteuer nach sich ziehen sollten.

Besuch

In den Wochen nach diesem Brief hielt eine kühle Atmosphäre im Haus Einzug. Die Gespräche zwischen Karl-Heinz und Rita wurden einsilbig. Sie redeten nur das Nötigste miteinander. Karl-Heinz wog sich auch nicht mehr mit der Inbrunst früherer Tage. Das konnte nicht am mangelnden Erfolg der Gewichtsreduktion liegen, denn er nahm noch immer kontinuierlich ab. Ebenso verstummten seine liebevollen Monologe, mit denen er seinen kleinen Kalli im Badezimmer üblicherweise vollschwallte.
Irgendetwas lag in der Luft. Mittlerweile lebte ich in einem ausgemachten *Tiefdruckgebiet* und hatte keine Erklärung dafür.

Die Auflösung sollte bald erfolgen. Es war an einem Freitag gegen sechs Uhr in der Früh. Durch die geöffneten Fenster meines Badezimmers hörte ich zwei Autos die Auffahrt zum Haus nehmen. Der Kies knirschte in einer mir unbekannten Weise, das Motorengeräusch erwies sich ebenfalls nicht als vertraut. Eindeutige Anzeichen für unbekannte Besucher! Autotüren wurden geöffnet und wieder zugeschlagen. Dann klingelte es. Rita öffnete die Tür.
„Ist Ihr Mann zu sprechen?" Diese Stimme war mir unbekannt.
Eine Antwort vernahm ich nicht. Rita musste aber stumm genickt haben.
„Gut, dann holen Sie ihn. Wir warten hier so lange", sagte der Fremde.

Die Atmosphäre wurde noch frostiger. Ein eiskalter Hauch blies mir entgegen, als Karl-Heinz die Badezimmertür öffnete, um Rasierutensilien und Zahnbürste einzupacken. Für mich hatte er nur einen gehetzten Blick übrig, bevor er wieder aus meinem Badezimmer verschwand. Was ging in diesem Hause vor? Kurze Zeit später hörte ich seine Schritte auf dem Kiesweg.

„Warten Sie!", rief Karl-Heinz, als er sich schon einige Meter vom Haus entfernt hatte. „Ich habe noch etwas vergessen."

„Machen Sie schnell!", forderte der Besucher ihn unmissverständlich auf.

Karl-Heinz hetzte die Treppe rauf und stürzte ins Badezimmer, um mich zu holen. Anscheinend war ich ihm so ans Herz gewachsen, dass er mich mit auf seine Reise nehmen wollte. Ein gemeinsamer Urlaub! Ich war perplex und zugleich gerührt über diese unerwartete Geste.

Er rannte mit mir unter dem Arm die Treppe hinunter und an Rita vorbei, die im Foyer stand und ihn keines Blickes würdigte. Vermutlich ärgerte sie sich darüber, dass sie nicht mitkommen durfte.

Der Besucher hielt Karl-Heinz freundlicherweise die Autotür auf und passte auch noch auf, dass er sich nicht versehentlich den Kopf stieß. Der Mann drückte denselben mit seiner Hand nach unten. Das war wirklich sehr fürsorglich. Dann nahm Karl-Heinz mit mir auf der Rückbank Platz. Offenbar hatte er einen ganz besonderen Urlaub gebucht.

Die Autotür fiel blechern zu. Es klang ganz anders als bei unserem Geländewagen. Zum ersten und letzten Mal in meinem Leben fuhr ich in einem Opel Vectra. Letztlich muss man wohl bei jedem Reiseveranstalter leichte Abstriche machen.

Der Vectra entfernte sich langsam vom Haus. Karl-Heinz stöhnte. Warum nur? Von seinem Schoß aus konnte ich einen Blick in den Rückspiegel erhaschen.

Rita stand in der Haustür und blickte uns hinterher. Zum Abschied gewunken hat sie nicht. Stattdessen telefonierte sie.

Erst zu einem viel späteren Zeitpunkt sollten mir ausreichend Informationen aus unterschiedlichen Quellen zur Verfügung stehen, die ich mit Hilfe meines sechsten Sinnes interpretieren konnte. Da wurde mir klar, dass Rita sich an jenem Tag – noch bevor ihr Mann das Grundstück verlassen hatte – mit ihrem Fitnesstrainer Stefan verabredete. Er sollte ihr dabei helfen, die Trennung mit einem intensiven und individuell auf sie zugeschnittenen Training zu verarbeiten. Dabei dachte sie an eine spezielle Eins-zu-Eins-Betreuung.

Mein neues Zuhause

Auf der Fahrt zu unserem Urlaubsort überlegte ich, ob es an der Automarke lag, dass sich kein Gespräch zwischen Karl-Heinz, dem Fahrer und dem Beifahrer entwickelte. Vielleicht war ein Opel Vectra einfach nicht der passende Ort für angeregte Konversation. Vielleicht aber war Karl-Heinz vor lauter Aufregung auch nicht zum Reden zumute. Schweigend fuhren wir inzwischen schon zwei Stunden durch die Gegend. Ich hatte noch immer keine Ahnung, wohin uns die Reise führen sollte.

Dann kam ein stattliches Anwesen in Sicht. Ich dachte mir, es würde sich um einen Ferienclub oder einen Vergnügungspark handeln. Das Anwesen war von Mauern und Türmen umgeben. Wir näherten uns und ich stellte mit Erstaunen fest, dass sich auf den Mauern Stacheldraht befand. Als ich das realisierte, dämmerte mir, dass es sich nicht um ein Urlaubsdomizil handelte. Kein Domizil – kein Urlaub – keine Reise!

Meine Schlussfolgerungen trafen genau ins Schwarze. Nach einem kurzen Stopp am Tor fuhren wir auf den Hof einer Justizvollzugsanstalt. Wir waren tatsächlich im Knast gelandet. Karl-Heinz hatte keine Urlaubsreise gebucht. Er war von den freundlichen, aber bestimmten Besuchern zum Antritt seiner Haftstrafe abgeholt worden, die er sich wegen seiner Steuerhinterziehung eingebrockt hatte. Sein Vorhaben, mit der Selbstanzeige einer Haftstrafe zu entgehen, hatte keine Früchte getragen.

Nach der Aufnahmeprozedur wurden wir zur Einzelzelle Nummer 87 in der dritten Etage geführt. Ich fand das zunächst nicht so schlimm, fühlte mich sogar in die Vergangenheit versetzt, denn der Zellentrakt erinnerte mich ein wenig an Halle 3.

Das Betreten der Zelle war für mich dann aber doch ein schlimmer Schock. Ich fühlte mich regelrecht eingezwängt. Mein Badezimmer in Stöhrickes Haus war deutlich größer und um Längen geschmackvoller eingerichtet. Die schmale Zelle mündete an der Stirnseite in einem kleinen Fenster, das einen vergitterten Ausblick über den Gefängnishof bot. An der linken Längsseite stand das Bett, das Karl-Heinz künftig nutzen würde. Über dem Bett hing ein kleines Regalbrett. An der rechten Längsseite befanden sich ein Waschbecken, die Toilettenschüssel, ein Regal, ein Tisch mit einem einfachen Stuhl. In der Ecke stand ein Schrank.

Ich suchte die Zelle nach einer Wäschetruhe ab, fand aber keine. Für eine Wäschetruhe von Format wie im Hause Stöhricke wäre in dieser mickrigen Zelle auch gar kein Platz gewesen. Wie trostlos! Wo sollte ich hier einen würdigen Platz finden? Wo würde mich Karl-Heinz unterbringen? Wäre es nicht besser gewesen, er hätte mich zu Hause gelassen? Ich hätte das Haus hüten und auf seine Frau aufpassen können.

Langsam und gründlich verstaute er seine wenigen Sachen. Mich ließ er während der ganzen Zeit auf dem Tisch stehen. Als er alles verstaut hatte, setzte er sich auf das Bett und überlegte offensichtlich, wo er mich abstellen könnte. Dabei wirkte er so teilnahmslos, dass ich nicht mit einem vernünftigen Ergebnis rechnete. Irgendwann legte er sich hin und ich blieb dort, wo ich war.

Somit endete dieser Tag ergebnisoffen. Wir verbrachten unsere erste Nacht im Gefängnis, er im Bett, ich auf dem Tisch.

Am nächsten Morgen wurden wir von einer unfreundlichen Stimme geweckt. Sie erklärte Karl-Heinz den Tagesablauf seines vierzehnmonatigen *Urlaubs*:
Aufstehen, Körperpflege, Frühstück, Frischluft auf dem Innenhof, Mittagessen, Mittagsruhe, Aufenthalt in der Zelle, Abendbrot, Nachtruhe.
Die Stimme stellte ihm in Aussicht, die Gefängnisbücherei zu nutzen, wenn er keinen Ärger machen würde.
Bevor Karl-Heinz die Zelle verließ, wurde mit dem Finger auf mich gezeigt. „Die Waage verschwindet vom Tisch. Ist das klar?"
Karl-Heinz nahm mich und schob mich unter das Bett. Mit einem Stupser seines Fußes beförderte er mich an die Wand. Dann verließ er die Zelle.
Da stand ich nun unter dem Bett im Halbdunkeln. Diese Situation erinnerte mich fatal an meine dunkle Zeit im Regal des Elektromarktes. Fehlte nur noch, dass der blöde Ingo hier auftauchen würde. Außer mir und einem Haufen Staubflusen stand noch ein Schächtelchen unter dem Bett, ganz in der Ecke an der Stirnseite der Zelle. Ich hatte keine Ahnung, was das für ein Schächtelchen war. Bei dem Gedanken daran, dass es sich vielleicht um einen Ameisenköder oder etwas Ähnliches handeln könnte, wurde mir ganz anders.

Ich hatte meinen Platz an der Sonne im hellen, großzügigen Badezimmer gegen einen staubigen Standort im Halbdunkeln getauscht. Zu allem Übel musste ich wahrscheinlich auch noch auf der Hut vor Silberfischen und Ameisen sein. Wahrlich keine rosigen Aussichten!

Zeit der Stille

Eine geradezu gespenstische Ruhe lag über unserer Zelle und dem gesamten Trakt. Für mich wurde das schnell unerträglich, war ich doch aus dem Hause Stöhricke anderes gewohnt. Die einzige Stimme, die ich jetzt von Zeit zu Zeit hörte, war die des Wärters, der Anweisungen erteilte. Die beantwortete Karl-Heinz wohl fast immer mit Blicken und Gesten. Mal ein Nicken, dann wieder ein Kopfschütteln. So stellte ich es mir vor, sehen konnte ich ihn ja nicht. Er redete nur, wenn es sich überhaupt nicht vermeiden ließ und auch dann blieb er sehr wortkarg.

Als der Wärter ihn beispielsweise einmal fragte, ob es ihm auch wirklich gut gehen würde, erwiderte er nur: „Ja", dann kein Wort mehr. In kurzer Zeit brachte er es zum Meister des Einwortsatzes. Karl-Heinz ließ sich hängen, daran bestand für mich kein Zweifel. Keine Spur mehr von dem muskelbepackten, tatkräftigen Maurergesellen, der es zum Meister und Firmeninhaber gebracht hatte.

Ich machte mir ernsthafte Sorgen, dass er depressiv werden könnte. Noch etwas fiel mir auf. Auch mit Kalli besprach er sich nicht mehr. Er hatte kein aufmunterndes Wort mehr für ihn übrig, so wie ich das aus dem Badezimmer kannte. Also machte ich mir auch um Kalli Gedanken – eine Sorge mehr!

Nach etwa vier Wochen wachte ich nachts auf und hörte, dass Karl-Heinz dem kleinen Kalli etwas zuflüsterte und sich liebevoll um ihn kümmerte. Da war ich wieder beruhigt und eine Sorge los. Dieses Signal gab mir außerdem Hoffnung, dass mein Zellengenosse doch nicht depressiv werden würde. Trotzdem blieb ich weiterhin wachsam. Das war ich allein schon Rita schuldig.

In Zeiten der Not macht einen die Fürsorge für andere stark und führt dazu, dass man über sich hinauswächst. Diese Weisheit traf auch auf mich zu. Ich blieb stark in der Zeit der Stille. In meiner Sorge um Karl-Heinz vernachlässigte ich allerdings meine eigene Gefühlslage. Ich verdrängte die Tatsache, dass sich Karl-Heinz seit Einzug in Zelle 87 noch nicht einmal auf mir gewogen hatte.

Das mit dem Verdrängen funktionierte aber auf Dauer nicht. Ich fing an zu grübeln. Wozu hatte er mich überhaupt mit auf die Reise genommen? Hätte er mich nicht im Badezimmer lassen können? Ich wäre ja nicht weggelaufen, hätte treu auf meinem Platz auf seine Rückkehr gewartet. Im Gefängnis gab es sicherlich eine Waage, die mich vertreten hätte.

Rita könnte sich auf mir wiegen. Rita! Ich erinnerte mich an ihre zarten Finger, die über meinen Flokati strichen. Trauer überkam mich, ich heulte Rotz und Wasser.

Da dachte ich wieder an meinen Helden. „Wiegenoth, wie hast du das gemacht?", wimmerte ich verzweifelt. Auch diesmal bekam ich von ihm keine Antwort. Stattdessen hörte ich im Halbdunkeln unter dem Bett zum ersten Mal dieses Schniefen.

Pablo

Die Zeit der Stille wurde in unregelmäßigen Abständen von einem Schniefen unterbrochen. Zunächst nahm ich es überhaupt nicht bewusst wahr. Für mich gehörte es zur gedämpften Geräuschkulisse, die ab und zu die Stille unterbrach. Diese Kulisse bestand aus Gesprächsfetzen, die sich aus dem Flur in die Zelle verirrten. Weitere Bestandteile waren die Anweisungen des Wärters und auch mal ein dezenter Rülpser von Karl-Heinz – und eben dieses Schniefen. Allerdings machte ich mir keine Gedanken darüber, woher es kam. Es war einfach da und mir war es, gelinde gesagt, zunächst auch egal.

Das änderte sich. Als ich eine besonders trübsinnige Phase hatte, begann ich, auf das Schniefen zu achten, geradezu darauf zu warten. Es fing nämlich an, mich gewaltig zu nerven. Ich wurde dünnhäutig und wollte der Sache endlich auf den Grund gehen. Dummerweise setzte das Schniefen ausgerechnet zu dieser Zeit aus, sodass ich mich nicht weiter darum kümmern konnte.

Nach einigen Tagen meldete es sich zurück und ich konzentrierte mich darauf, die Quelle zu orten. Erstaunlicherweise kam es aus der Ecke, in der dieser Ameisenköder stand. Diesem hatte ich bislang keine Beachtung geschenkt und das hatte ich auch weiterhin so vor. Das Schniefen musste von der Wand in der Ecke in meine Richtung zurückhallen, anders konnte ich es mir nicht vorstellen. Vielleicht kam es aus einer Nachbarzelle und drang über die Flurwand in unser Etablissement. Während ich auf das nächste Schniefen wartete, starrte ich auf den Ameisenköder. Drei Stunden lang passierte überhaupt nichts.

Nach einer weiteren Stunde hörte ich ein scharfes: „Was ist?"

Die Worte kamen eindeutig vom Ameisenköder. Meine Skala hatte sich schon lange an das Halbdunkel unter dem Bett gewöhnt. Ich betrachtete das Ding genauer. Es folgte die Erkenntnis, dass es sich dabei gar nicht um einen Ameisenköder handelte. Ich erkannte ein flaches Gehäuse mit einer Digitalanzeige. Wie war es möglich, dass mir dies die ganze Zeit entgangen war? Es musste eine Waage sein, aber welcher Art?

Für eine Briefwaage war der Gegenstand zu klein. Vielleicht eine Goldwaage? Wenn es die nun doch gab? Aber, ob nun Brief- oder Goldwaage, was hatte sie unter einem Gefängnisbett zu suchen? Fragen über Fragen, die mich in dieser Situation und in meinem Gemütszustand eindeutig überforderten.

„Was ist?", wurde ich erneut gefragt, diesmal in deutlich aggressiverer Tonlage.

„Bist du eine Goldwaage?", war das Einzige, was mir einfiel.

Eine Frage als Antwort. Mir kam das ziemlich blöd vor. Der verkappte Ameisenköder sah das anscheinend ähnlich. Vielleicht verstand er mich aber auch nicht.

Er schwieg geschlagene vier Stunden. Inzwischen war die Nacht hereingebrochen, das Halbdunkel unter meinem Bett hatte sich zu völliger Dunkelheit verfinstert. Karl-Heinz schlief, atmete dabei tief und ruhig.

„Nein, wieso?", erklang die Gegenfrage.

Auf diese ungewöhnliche Art der Gesprächsführung konnte ich mich nur langsam einstellen. Irgendwie erinnerte mich das Ganze an den seltsamen Dialog mit der arroganten Wasserwaage.

„Ich halte dich für eine Waage. Ganz eindeutig bist du keine Personenwaage so wie ich. Für eine Briefwaage bist du zu klein. Deshalb kam mir eine Goldwaage in den Sinn." Wieder Schweigen, das ich aber schnell unterbrach. „Obwohl ich nicht weiß, ob es die wirklich gibt. Wenn du keine Goldwaage bist, was bis du dann?"

Nach einem diesmal besonders lang gezogenen Schniefen ging es mit der Salami-Taktik weiter. „Wer!", sagte der Ameisenköder knapp.

„Wie: wer?", entgegnete ich.

„Wer dann, musst du fragen, nicht: was dann."

Langsam ging mir dieser ominöse Mitbewohner gehörig auf die Nerven. „Also gut: Wenn du keine Goldwaage bist, wer bist du dann?"

„Pablo."

Hätte mir vorher jemand gesagt, dass ich mein Leben mit einer durchgeknallten Waage namens Pablo, die entfernt an einen Ameisenköder erinnerte, unter einem Bett in einer Gefängniszelle verbringen würde, hätte ich denjenigen für verrückt erklärt.

Doch genau in dieser Lage befand ich mich in diesem Moment. Da Karl-Heinz seine Haftzeit noch lange nicht verbüßt hatte, würde diese Situation auch noch andauern. Für Pablo war das Gespräch erst einmal beendet.

Eine Woche lang hörte ich nur sein Schniefen. Da ich mich inzwischen nicht mehr darüber aufregte, war mir das ziemlich egal, so wie zu der Zeit, als ich Pablo noch für einen Ameisenköder gehalten hatte.

Doch Pablo pflegte Gespräche zu den unpassendsten Zeiten ohne ein erkennbares Muster fortzusetzen. Ich wusste nie genau, wann es ihm in den Sinn kam, wieder etwas von sich zu geben.

Eines Tages ließ er die Bombe platzen. „Ich bin eine Rauschgiftwaage", klärte er mich auf.

Sofort war ich hellwach. Die Spezies der Rauschgiftwaagen hatte ich in den tiefsten Kammern meines Gedächtnisses vergraben. Seit meiner Jugend hatte ich keinen Gedanken mehr an sie verschwendet. Nun kam mir das, was ich darüber gelernt hatte, wieder in den Sinn, vor allem eine Aussage: *Eine Rauschgiftwaage sieht Tod und Elend.* Ob Pablo wohl auch so etwas Schlimmes erlebt hatte?

Eine weitere Woche später fühlte sich Pablo genötigt, mir erneut ein Gespräch aufzuzwingen. „Lass uns tauschen", forderte er mich auf.

„Tauschen? Wie meinst du das?"

„Wir tauschen unsere Gehäuse und dann verlasse ich den Knast, wenn die Schnarchnase über uns rauskommt."

„Wie stellst du dir das vor, wie soll das funktionieren?"

„Ganz einfach, Schnarchnase tauscht unsere Gehäuse."

War das zu fassen? Pablo war offenbar völlig von Sinnen. Das viele Koks musste nicht nur seine Nasenschleimhäute, sondern auch seinen Verstand schwer geschädigt haben.

„Und warum sollte ich das tun?“, wollte ich von ihm wissen. „Keine Ahnung, nur so!“, lautete Pablos wenig überzeugendes Argument.

Es dauerte fast bis zum Ende unserer Inhaftierung, bis ich über Pablo vollständig im Bilde war.

Er war tatsächlich eine Rauschgiftwaage, hatte aber weder Tod noch Elend erlebt. Er gehörte einem Kleinkriminellen, einem Möchtegern-Dealer namens Alex. Gleich bei seinem ersten Coup, dem Strecken von zehn Gramm Koks, wurde Alex erwischt. Das Strecken wollte er sofort nach der Übergabe auf dem Lidl-Parkplatz erledigen.

Dort wäre er sicher nicht aufgefallen in seinem altersschwachen Opel Corsa, wenn es nicht ausgerechnet Ostersonntag gewesen wäre. Ein Zivilfahnder wunderte sich über den einzigen Wagen auf dem Supermarkt-Parkplatz. Der Mann hatte so viel Dummheit eigentlich nicht für möglich gehalten und hätte Alex aus Mitleid fast wieder laufen lassen. Andererseits folgte er dem Grundsatz: *Dummheit schützt vor Strafe nicht.* Alex versuchte noch, seine Spuren zu verwischen, als der Fahnder an die Autoscheibe klopfte. Dabei drückte er den Stoff auch in die Ritzen von Pablos Gehäuse, was diesem letztlich das dauernde Schniefen einbrockte.

Auch über Pablos Namen wusste ich bald Bescheid. Alex hatte ein Netflix-Abo und war ein großer Anhänger der Serie *Narcos*. Pablo Escobar war sein großes Vorbild. Gemeinsam mit seiner auf dem Wohnzimmertisch platzierten Waage zog er sich *Narcos* in Endlosschleife rein. Dabei probte er mit einer Tüte 405er Weizenmehl für seinen ersten Coup, der auch sein letzter sein sollte. Seine Rauschgiftwaage nannte sich irgendwann in ihrem Größenwahn Pablo. Ihren tatsächlichen Namen habe ich nie erfahren.

Nachdem der Fahnder Alex auf dem Lidl-Parkplatz festgenommen hatte, wurde Zelle 87 das Zuhause des kleinen Dealers. Damit war er der unmittelbare Vorgänger von Karl-Heinz. Pablo wurde vom treulosen Alex am Tag seiner Haftentlassung schlicht und ergreifend vergessen.

Pumping Iron

Ich durchlebte eine trostlose Zeit. Karl-Heinz blieb weiterhin stumm und die störrischen Dialoge mit Pablo bereiteten mir nicht die geringste Freude. Phasenweise war ich so demoralisiert, dass ich glatt mit meiner Zeit im Regal des Elektromarktes getauscht hätte, als ich noch unter Ingos Knute gelitten hatte. Die Ödnis der Gegenwart verdrängte den Schrecken der Vergangenheit und ließ Quälgeister wie Ingo in milderem Licht erscheinen.

Ich weiß nicht mehr genau, am wievielten Tag der Haft sich die Wende zum Guten mit einem lauten metallischen Geräusch ankündigte. Karl-Heinz ließ eine mit Scheiben bestückte Langhantel aus dem Fitnessraum, die er mit in seine Zelle nehmen durfte, auf den Boden krachen. Dieses Privileg hatte er sich durch sein einwandfreies Verhalten erworben. Schon vor einer Weile hatte er wieder mit den Liegestützen angefangen. Dazu legte er sich auf den Boden und ich konnte ihn sehen.

Das tat er jetzt auch und ich betrachtete ihn genauer. Wegen den ewigen Diskussionen mit Pablo hatte ich bis zu diesem Moment nicht registriert, dass Karl-Heinz weiter beständig abgenommen hatte. Inzwischen sah er richtig drahtig aus.

Von diesem Tag an setzte ich wieder alle meine Sinne bewusst ein, um zu erfahren, was mit Karl-Heinz geschehen war und wie seine Pläne aussahen. Der Umstand, dass er irgendwann begann, bei seinem Training Selbstgespräche zu führen, erwies sich dabei als sehr praktisch. So erfuhr ich einerseits etwas über seine Zeit als junger Maurergeselle und andererseits darüber, woher sein aktueller Motivationsschub rührte. Nachdem ich einige Tage seinen Monologen gelauscht hatte, konnte ich mir zusammenreimen, was passiert war und wo wir in etwa standen.

Angefangen hatte es damit, dass er beschloss, nicht länger Trübsal zu blasen und die restliche Zeit im Gefängnis lieber mit etwas Sinnvollem zu vertreiben. Sein Kämpferherz war aus dem Schlaf erwacht. Der Besuch des Fitnessraums würde wenigstens zeitweise die Langweile vertreiben, ihn fit machen und das Abnehmen unterstützen. Deshalb begann er mit dem Training. Als er zum ersten Mal den Fitnessraum betrat, die Kurzhanteln in die Hand nahm und ihren metallenen Geruch aufsog, machte es klick. Urplötzlich erinnerte er sich an die Zeit, die er als Maurerlehrling im Kraft-Klub verbracht hatte. Diese im Keller einer alten Lagerhalle versteckte archaische Trainingsstätte bot damals weder Trainingsmaschinen noch Tageslicht, sie bot nur blankes Eisen. Für Sauna, Solarium und Kardiogeräte hatte der Inhaber weder Platz noch die finanziellen Mittel. Im Kraft-Klub dominierten die Gerüche von Schweiß und Metall. Von seinem schmalen Gehalt als Lehrling hätte er sich den Beitrag in einem der langsam in Mode kommenden Fitness-Studios sowieso nicht leisten können. Der Kraft-Klub gab ihm jenen Körper, den Rita bei dem Maurergesellen, der ihr vom Gerüst aus hinterherpfiff, so bewunderte. Die Maloche auf dem Bau gab ihm die Ausdauer dazu.
Wie ein Berserker stemmte er damals die Hanteln. Ein Film hatte ihn in jener Zeit besonders motiviert: *Pumping Iron.*

Der dokumentarische Film vom Ende der Siebziger zeigte die damaligen Bodybuildung-Größen bei der Vorbereitung auf die Wettbewerbe für Mister Olympia und Mister Universum. Zu sehen waren in dem Film Arnold Schwarzenegger, Lou Ferrigno mit seinen enormen Oberarmen, Franco Columbo, Mike Katz und noch viele andere. Das waren seine Vorbilder gewesen.

Der Fitnessraum im Gefängnis war nicht den ganzen Tag geöffnet. Karl-Heinz wollte aber unbedingt die verbleibende Zeit nutzen, um seiner Rita beim Wiedersehen einen durchtrainierten Körper präsentieren zu können. Deshalb hatte er darum gebettelt, eine Langhantel mit in die Zelle nehmen zu dürfen.

Seine Muskelhelden vor Augen, begann er mit einem intensiven Training. Vormittags und nachmittags stemmte er die Langhantel in endloser Monotonie. Das Gesamtgewicht war nicht so hoch. Die Wärter hatten ihm nur ein kleines Scheibensortiment mitgegeben, sodass er die Langhantel auf maximal hundertzwanzig Kilo aufstocken konnte. Die Intensität, die Korrektheit der Bewegungsabläufe, die hochkonzentrierte Kontraktion seiner Muskeln und die schier unglaubliche Anzahl der Wiederholungen sorgten dafür, dass dieses Gewicht völlig ausreichend war. Sit-Ups, Liegestütze in verschiedenen Griffweiten, auf der Stelle laufen – das waren seine Übungen ohne die Hantel. Mit der Hantelstange machte er Kniebeugen, Bizeps-Curls, Nackendrücken. Mit den Fünfzehn-Kilo-Scheiben forderte er den Deltamuskel seiner Schulter heraus und quälte seinen Trizeps. Für seine Maurerpranken war es ein Leichtes, die großen Scheiben bei den Übungen festzuhalten.

Seine tägliche Quälerei vor Augen begann auch ich wieder mit meinem Training. *Wenn du deine Feder richtig beherrschst, kannst du glatt fünf Kilo dazu oder hinfort mogeln,* hörte ich nach langer Zeit wieder die Worte meiner Mutter. Das tat mir unheimlich gut.

„Ich schaffe auch zehn Kilo!", setzte ich mir als Ziel. Ich wollte wieder fit werden, meine alten neun Kilo erreichen und diese Marke sogar noch übertrumpfen.

So trainierten wir beide jeden Tag. Mein gesamtes Gehäuse zitterte, wenn ich den Stahl meiner Feder bog. Der Zellenboden dröhnte, wenn Karl-Heinz die Langhantel fallen ließ. Wir trainierten um die Wette.

Pablo trainierte nicht. Von Zeit zu Zeit hörte ich sein Schniefen. Vielleicht hätte er mit Alex besser *Pumping Iron* anstatt *Narcos* anschauen sollen. Dann hätten wir zu dritt schwitzen können.

Ab jetzt nur noch angezogen

Wir hatten noch ein Drittel der Haftstrafe zu verbüßen und wurden langsam zu stahl- beziehungsweise eisenfressenden Trainingsmonstern. Ich hatte tatsächlich mein Limit auf zehn Kilogramm erhöht. Am Körper von Karl-Heinz gab es keine Fettpolster mehr. Er sah traumhaft aus. Von mir konnte man das leider nicht behaupten, da mein weinroter Flokati zum grauen, verstaubten Bettvorleger verkommen war. Die Fähigkeiten meiner Feder gehörten zu meinen inneren Werten, mit denen ich nach außen hin nicht punkten konnte. Das trübte meine Freude über den Trainingserfolg. Und irgendwie fand ich es auch unfair, wie Karl-Heinz sich mir gegenüber verhielt.

Es musste Gedankenübertragung gewesen sein. Kaum hatte ich ihm im Stillen mangelnde Fairness vorgeworfen, kümmerte sich mein Zellengenosse nach Monaten endlich wieder um mich. Das war seinem Trainingserfolg zu verdanken, der ihn in die Lage versetzte, sehr tiefe Liegestütze mit extremer Dehnung des Pectoralis Major zu machen und diese Position lange zu halten. Es war eine dieser speziellen Übungen, die uns unerwartet Auge in Skala verharren ließ. Er hatte seinen Kopf, der sich ungefähr acht Zentimeter über dem Fußboden befand, zur Seite gedreht, sodass er mich nicht übersehen konnte.

„Ach, du Scheiße! Die Waage habe ich ja völlig vergessen", rief er voller Freude, um dann, derart aus dem Takt gebracht, den Fußboden zu küssen. Sein Hang zu unkonventionellen Begrüßungen war ungebrochen.

Vorsichtig zog er mich unter dem Bett hervor. Er wirkte ziemlich zerknirscht, sein schlechtes Gewissen war nicht zu übersehen. Fürsorglich und akribisch entfernte er den Staub von meinem Flokati. Dann säuberte er mein Gehäuse mit einem feuchten Lappen. Zum Schluss kämmte er mich sogar. Nach dieser Wellness-Kur stellte er mich auf den Tisch und setzte sich mir gegenüber auf das Bett.

Moment mal, das hatten wir doch schon am ersten Tag, kam es mir in den Sinn. *Bitte, schieb mich nicht wieder unters Bett zu Pablo*, flehte ich in Gedanken. *Lass dir etwas Besseres einfallen*!

Er stand auf, stellte mich auf die Erde und zog sich langsam aus. Nach Monaten wollte er sich also wieder auf mir wiegen.

Der Karl-Heinz, den ich jetzt anblickte, sah um Längen attraktiver aus als der Hundertneunzehn-Kilo-Koloss zu Beginn unserer Beziehung. Unabhängig davon hoffte ich allerdings, er hätte inzwischen vergessen, dass er sich früher immer nackt gewogen hatte. Zu früh gefreut! Er nestelte mit den Zeigefingern bereits am Bund seiner Unterhose. Augen zu und durch, hieß meine Strategie. Aber das Befürchtete blieb aus. Er zuppelte sich lediglich die Unterhose zurecht.

„Die kann jetzt an bleiben. Ein paar Gramm mehr oder weniger sind auch egal", sagte er, bevor er mich betrat.

Ich dankte es ihm und zeigte ihm seine echten fünfundachtzig Kilo an. Wir freuten uns beide aufrichtig über dieses Traumgewicht. Schließlich schob er mich wieder unter das Bett. Bevor ich ihm richtig böse sein konnte, stellte ich fest, dass er mich sehr behutsam schob und nicht mehr an die Wand drückte.

Ich stand am hellen Rand unter der Bettkante und hatte jetzt so viel Abstand zu Pablo, dass ich mich durch sein Schniefen kaum noch belästigt fühlte.

Auch nach diesem denkwürdigen Wiegegang ließen wir nicht locker mit unserem Trainingsprogramm, denn die Zeit bis zur Entlassung sollte so schnell wie möglich vergehen.

Mens sana in corpore sano

Karl-Heinz war mit Erreichen seines Traumgewichtes wieder gesprächig geworden. Eines Tages entnahm ich einem Plausch mit dem Wärter, dass die Zeit bis zu unserer Entlassung nur noch zehn Wochen betrug. Danach ging er zum Morgenspaziergang in den Innenhof.
Wie immer wartete ich ungeduldig auf seine Rückkehr, um unsere vormittägliche Trainingseinheit zu absolvieren. Er musste jeden Augenblick zurückkommen – tat er aber nicht. Zum ersten Mal seit Wochen fiel das frühe Training aus.
Erst nach dem Mittagessen erschien er wieder in der Zelle. Mit einem Buch in der Hand setzte er sich auf den Stuhl.
Nun verstand ich, was er gemeint hatte, als er an diesem Morgen nach dem Rasieren zu seinem Spiegelbild sagte: „Ein gesunder Geist in einem gesunden Körper!"
Er hatte seinen *Body* auf Vordermann gebracht, nun wollte er Geist und Körper in Einklang bringen und seinem Grips etwas Gutes tun. Das Material dazu fand er in der Gefängnisbücherei.

Von nun an absolvierten wir nur noch eine statt zwei Trainingseinheiten am Tag. Die gewonnene Zeit verbrachten wir mit Lesen.
Die Zeit der Stille war endgültig vorüber, Karl-Heinz fiel ins andere Extrem. Er redete so oft auf den Wärter ein, dass sich dieser nach einiger Zeit nur noch selten bei uns blicken ließ. Außerdem huschte er auf dem Flur regelrecht an unserer Zelle vorbei, nur um nicht angesprochen zu werden.

Von Beginn an las Karl-Heinz laut vor. Zunächst war ich überrascht gewesen, doch sehr schnell gewöhnte ich mich daran. Ich genoss es, fühlte mich privilegiert und fand, dass ich sogar bessergestellt war als jede Briefwaage. Ich wurde sozusagen zur Briefwaage de luxe, denn ich musste nicht einmal selbst lesen. Mir wurde vorgelesen!

Unsere tägliche Lektüre fesselte mich zunehmend. Vormittags fraßen wir Buchstaben, nachmittags fraßen wir Stahl und Eisen, abends dann wieder Buchstaben. Unsere Vorliebe galt Abenteuerromanen, die meistens mit Schicksalen von Gefangenen zu tun hatten.

Der Graf von Monte Christo von Alexandre Dumas war das erste Buch, mit dem Karl-Heinz an jenem denkwürdigen Tag lesend in der Zelle erschienen war. Mit diesem Roman hatte er gleich das dickste Buch unserer Haftzeit ausgewählt, denn es handelte sich um die ungekürzte Fassung mit rund tausendfünfhundert Seiten.

Die Geschichte von Edmond Dantès faszinierte mich von Anfang an. Mitleidig blickte ich auf Pablo, denn *Narcos* konnte niemals mit diesem Abenteuer mithalten. Ich entdeckte durchaus Parallelen zwischen Dantès und mir. Während der Zeit des Vorlesens wurden wir beide eins. Die Geschichte fesselte mich so sehr, dass ich mich in meiner trainings- und vorlesungsfreien Zeit in Tagträume begab.

Träume und Tagträume

Ein Traum wiederholte sich mehrfach und sollte mich für eine lange Zeit heimsuchen. Bereits seit mehreren Jahren befand ich mich in einem Gefängnis, in das ich durch ein Komplott des Gabelstaplerfahrers Reiner Lange und des Haushaltsgerätefachverkäufers Ingo Dettmann geraten war. Karl-Heinz war schon nach kurzer Zeit entlassen worden und hatte mich vergessen. Von Pablo war nur noch ein Gerippe übrig, er hatte sich schon längst aufgegeben.

Lange Zeit hielt mich nur der Gedanke an Rache am Leben. Ich wollte es Reiner und Ingo unbedingt heimzahlen. Doch die Rachegelüste wurden immer schwächer, mein Drang zu sterben hingegen immer stärker.

Nach sieben Jahren, drei Monaten und siebzehn Tagen Haft hatte ich Wiegenoths Rekord eingestellt, denn meine Feder war noch immer intakt. Die Freude darüber hielt aber nur kurz an. Bald bemerkte ich, dass nur das Ziel, Wiegenoths Rekord zu übertreffen, meine Selbstachtung und meinen Überlebenswillen aufrechterhalten hatten. Mein Lebenswille kam mir langsam, aber sicher abhanden. Ich vegetierte in meiner Zelle dahin, stand kurz davor, mich umzubringen, wollte jegliche Aktivität einstellen.

Eines Tages aber hörte ich Klopfgeräusche und ein Kratzen in der Wand. Ich vergaß mein Selbstmitleid, war sofort hellwach und machte mich ebenfalls mit einem Klopfsignal bemerkbar. Die Antwort kam prompt.

Irgendjemand verbarg sich hinter meiner Zellenwand. Ich begann, die Wand auf meiner Seite zu bearbeiten und grub mich dem großen Unbekannten entgegen. Als uns der

Durchbruch gelang, stellte sich heraus, dass es Wiegenoth war, der leibhaftige Wiegenoth! So unerwartet stand ich ihm nun gegenüber, dass ich nicht in der Lage war, ihn das zu fragen, was ich schon immer von ihm wissen wollte. Vielmehr interessierte mich, was ihn in meine Zelle geführt hatte. Den Erzählungen meines Vaters glaubend, wähnte ich ihn glücklich und zufrieden im Hause der Eheleute Lange.

„Wiegenoth, wieso bist du nicht bei Langes?", fragte ich. „Wieso bist du hier?"

Wiegenoth schaute mich für einige Sekunden an. Ich erkannte, dass er mir gleich etwas wirklich Besonderes mitteilen würde. Was mich erwartete, war jedoch wie ein Eimer kaltes Wasser.

„Ich bin doch nicht dämlich!", erwiderte Wiegenoth. Dann verschwand er wieder in der Wand.

Genau an dieser Stelle erwachte ich jedes Mal, immer und immer wieder. Wiegenoth wollte mir offensichtlich nicht antworten. So langsam kamen mir Zweifel an seinem Heldenmythos. Würde ein echter Held so mit seinen Fans umgehen?

Dieser war nicht der einzige schlechte Traum. In meinen Träumen durchlebte ich harte Zeiten auf den Spuren von Charrière in Französisch-Guayana auf der Teufelsinsel. Ich züchtete Kanarienvögel in meiner Zelle auf Alcatraz. Aber welches Romanabenteuer ich auch durchlebte, Wiegenoth tauchte immer auf, gab mir aber niemals eine Antwort.

Das war nur schwer zu ertragen. Ich vermutete, dass mein Unterbewusstsein versuchte, auf diese Art und Weise das Trauma der dunklen Zeit in der Verpackung zu verarbeiten.

Mir war die Ursache für diese Träume völlig egal, ich wünschte mir nur, sie würden aufhören.

Es geht los

Der Tag der Entlassung war da. Zwei Tage zuvor hatte Karl-Heinz das letzte Buch ausgelesen, einen Tag zuvor hatten wir ein letztes Mal trainiert. Er hatte Großes geleistet, das musste ich uneingeschränkt einräumen. Dafür zollte ich ihm Respekt. Rita würde ihn kaum wiedererkennen, so durchtrainiert und belesen wie er inzwischen daherkam. Die Gedanken an seine Frau kreisten durch seinen Kopf, ich sah es ihm an. Er wurde zunehmend nervös.

Die Zelle war bereits aufgeräumt. Er hatte alles eingepackt, bis auf mich. Wahrscheinlich wollte er mich nicht in seine Tasche quetschen und würde mich beim Verlassen der Zelle an sich nehmen. Schließlich ging er ein letztes Mal frühstücken. Als er zurückkam, kontrollierte er nochmals seine Tasche, prüfte, ob auch alles an seinem Platz war. Dabei ging er sehr sorgsam vor. Nachdem er mit allem zufrieden war, stellte er die Tasche auf den Boden, genau vor meine Nase.

Wenn das mal gut geht, kam mir sofort in den Sinn. Es wäre nicht das erste Mal, dass er mich vergaß.

Der Wärter erschien und nickte Karl-Heinz zu. Der nahm seine Tasche, ohne von mir Notiz zu nehmen, verließ die Zelle, ohne sich noch einmal umzublicken.

„Vielen Dank auch, Herr Stöhricke! Ist das der Lohn für die harte monatelange Sparringspartnerschaft?", schrie ich. Mein Klagen wurde vom Einrasten der Zellentür übertönt.

Vergessen

Während Karl-Heinz wahrscheinlich schon längst seiner Rita am Hals hing, schmollte ich zutiefst gekränkt unter dem Bett. Die Nacht verging, ein trostloser Morgen nahte. Kein Krafttraining, kein Vorlesen, stattdessen ein Schniefen aus der Ecke, das mich nun bis auf das Äußerste reizte.
Welch trübe Aussichten! Die Tatsache, dass sich bei Antritt der Haft unter dem Bett neben dem vergessenen Pablo bereits jede Menge Staubfusseln befunden hatten und dass mein Terrain in den letzten vierzehn Monaten nicht einmal gereinigt worden war, gab mir sehr zu denken. Ich fürchtete, den Rest meines Lebens dort zu verbringen, weil niemals irgendjemand unter das Bett schauen würde. Selbst wenn ich sieben Jahre bis zum Erreichen von Wiegenoths Rekord durchhielte und danach noch weitere sieben Jahre … Am Ende würde doch nur ein Wiegenoth, der keine Antworten hatte, durch die Zellenwand stoßen. Sollte mein schlimmster Albtraum wahr werden?

Eine weitere Nacht verging. Der nächste Morgen graute. Schätzungsweise gegen fünf Uhr riss mich das laute Öffnen der Zellentür aus meinem Traum. Und zwar genau an der Stelle, an der ich Wiegenoth zum x-ten Mal fragte, warum er nicht bei Langes sei. Nur Sekundenbruchteile später folgte ein wahnsinnig lautes Kreischen. Das waren die Metallfüße des Bettes, die über den Zellenboden schrammten.
Pablo und ich kamen ans Tageslicht. Jochen und Volker schoben das Bett in die Mitte der Zelle. Sie gehörten zu einer Putzkolonne, die aus Insassen des Gefängnisses

bestand, und – wie ich mitgekriegt hatte – üblicherweise den Gefängnisflur schrubbte. Offensichtlich reinigten sie also auch die Zellen, nachdem jemand entlassen worden war. Ich würde doch keine vierzehn Jahre hier verbringen.

„Sieh mal einer an! Der Muskelprotz hat was vergessen und daneben steht noch was", sagte Jochen, nahm Pablo hoch und drückte ihn seinem Kompagnon in die Hand. „Die ist garantiert noch von unserem Möchtegern-Knacki Alex. Halt die mal." Dann sah er mich einen Augenblick an. „Hey Volker, schau dir mal diese olle Waage an. Kein Wunder, dass man die eingesperrt hat, so wie die aussieht", urteilte er ziemlich leichtfertig.

„Los, stell dich mal drauf", forderte Volker ihn auf.

Jochen betrat mich und blickte gespannt auf meine Skala. Für seine Unverschämtheit gab ich ihm glatt zehn Kilo drauf. Zufrieden nahm ich zur Kenntnis, dass ihm die Gesichtszüge entgleisten.

„Und? Wieviel wiegst du?", fragte Volker neugierig.

Jochen ignorierte ihn, hob mich hoch und reichte mich weiter. Dann wies er Volker an, Pablo und mich in die Asservatenkammer zu bringen.

In der Asservatenkammer

Volker trug Pablo und mich durch das Treppenhaus hinunter ins Kellergewölbe des in den Zwanzigerjahren erbauten Gefängnisses. Durch einen langen Flur ging es weiter zur Asservatenkammer. Unter der gemauertem Gewölbedecke befanden sich Neonröhren als einzige Lichtquelle in dem großen fensterlosen Raum.

An den Wänden reihten sich lückenlos Regale aneinander. In jeweils sieben Etagen wurde eine große Anzahl beschlagnahmter Gegenstände aufbewahrt: Waffen, Drogen, Falschgeld, Tierpräparate, Medikamente, gefälschte Papiere, außerdem Hehlerware, hauptsächlich Handys und Auto-radios.

Karl-Heinz hatte sich oft mit den Wärtern über die Asservatenkammer unterhalten und sich mit ihnen ausgemalt, wie es wäre, sich dort einmal unbeobachtet zu bedienen. In der Mitte des Raumes standen weitere Regale, die mit den Wandregalen insgesamt drei lange Durchgänge bildeten. Das alles erinnerte mich ziemlich an einen Elektrofachmarkt. Gleich neben der Eingangstür befanden sich ein Tisch und ein Stuhl. Dort saß ein Bediensteter, der alles, was in die Kammer gelangte oder sie verließ, kontrollierte.

Volker stellte uns auf den Tisch und machte ordnungsgemäß Meldung: „Ich bringe eine Rauschgiftwaage und eine Personenwaage aus Zelle 87. Keine Ahnung, was du damit machst, aber die sollen erst einmal in dein Reich. Alles weitere wird sich ergeben." Mit diesen Worten verließ er die Asservatenkammer.

Ich blieb mit Pablo und dem Mann am Tisch zurück. Ob ich mir irgendwann mein Zuhause einmal selbst aussuchen durfte? Auf Dauer war es frustrierend, dass die Entscheidung darüber immer von Dritten getroffen wurde. Zugegeben – nichts lief nach Plan und das nicht zum ersten Mal. Trotzdem war ich unter diesen Umständen ziemlich entspannt. Die Zeit der Dunkelheit, Karl-Heinz Stöhrickes Nacktwiegen, Sammys Schweißfüße, die vermeintliche Reise in den Urlaub und die schniefende Kokswaage hatten mich abgebrüht. Mich konnte so leicht nichts mehr erschüttern. Auch die Zeit in der Asservatenkammer würde ich überstehen, egal wie lange sie dauern sollte, so oder so. Davon war ich absolut überzeugt. Geduldig wartete ich auf das, was kommen würde.

Dann passierte etwas völlig Unerwartetes. Zwei warme Hände strichen zärtlich über meinen Flokati, gefolgt von den Worten: „Wo hast du denn so lange gesteckt?"

Erst jetzt sah ich genau hin und erkannte in dem Mann am Tisch Dieter. Diesen wunderbaren Moment genoss ich in vollen Zügen. Der Augenblick gehörte Dieter und mir.

Und leider auch ein wenig Pablo, der sich im unpassendsten Moment zu Wort meldete: „Geht's bald mal weiter?"

„Schnauze!", ranzte ich ihn an.

Dieter schien genauso glücklich zu sein wie ich. Er erzählte mir alles, was nach unserer Trennung im Elektromarkt passierte. Auch berichtete er, wie schlecht es ihm ergangen war, als er mich ziehen lassen musste. Trotz aller Bemühungen seines Freundes Bernd hatte er Probleme gehabt, das Geschehene zu verdauen. Derart traumatisiert hatte er danach große Verlustängste entwickelt, was das

Loslassen von Waagen anging. Das wäre eigentlich nicht so schlimm gewesen, wenn er nicht im Elektromarkt die Abteilung mit den Waagen betreut hätte. Sein Umsatz ging als Folge davon stetig zurück. Ingo hatte beobachtet, wie Dieter mit Karl-Heinz um mich gerungen hatte. Seitdem hatte er Dieter heimlich hinterherspioniert und geradezu nach Dingen gesucht, die er ihm vorwerfen konnte. Leider war Ingo zu oft fündig geworden.

Das Unausweichliche geschah: Filialleiter Ingo Dettmann setzte Dieter an die frische Luft und beendete dessen kurze Karriere als Waagenverkäufer. Nachdem Dieter lange arbeitslos gewesen war, fand er eine Anstellung in der Asservatenkammer. Er hatte eine Dreißig-Stunden-Woche und arbeitete in der Frühschicht. Unfassbar! Ohne es zu ahnen, lebten wir nur drei Stockwerke voneinander getrennt. Während er mir das alles berichtete, hörte ich Pablo öfter schniefen als sonst. Rauschgiftwaagen schienen also doch nicht so harte Kerle zu sein, wie es immer hieß.

Dieter suchte mir einen schönen Platz im Regal aus. Natürlich stellte er mich vorne an den Rand. So hatte er mich gut im Blick. Und ich hatte Pablo im Blick, der noch immer auf dem Tisch stand. Leider schätzte Dieter die Situation falsch ein, als er kurz darauf meinen vermeintlichen Freund neben mir im Regal platzierte.

„Da seid ihr weiter zusammen, ihr habt euch sicher viel zu erzählen", redete er uns wohlwollend zu. Und zu mir gewandt flüsterte er: „Ich hole dich hier raus, versprochen. Dann lernst du Bernd kennen."

Also hatte ich Pablo weiterhin an der Backe. Dabei hatte es Dieter doch nur gut gemeint.

Gegen halb zwei war Dieters Frühschicht beendet. Seine Ablösung in Person von Olaf Remmers erschien, der nahm auf dem angewärmten Stuhl Platz.

„Was Besonderes?", wollte Olaf wissen.

„Nur die beiden Waagen dahinten in Fach 13", erklärte Dieter. Dann nickte er mir noch einmal kurz zu und verließ die Asservatenkammer.

Wie gewonnen, so zerronnen

Natürlich konnte ich zu dem Zeitpunkt nicht wissen, was bei Karl-Heinz und Rita vor sich ging, nachdem der Verräter mich zurückgelassen hatte.

Aber kurze Zeit später sollte ich es erfahren, denn Karl-Heinz führte weiterhin Selbstgespräche. Außerdem entwickelten Rita und Karl-Heinz nach der unfreiwilligen Trennung durch den Gefängnisaufenthalt Vergnügen daran, sich an Szenen ihrer Ehe zu erinnern. Weiterhin bestehende Informationslücken füllte, wie so oft, mein sechster Sinn.

Folgendes trug sich zu: Während ich am Vorabend allein in der Zelle geschmort hatte, fielen Karl-Heinz und Rita ohne Umschweife übereinander her. Unser Training hatte sich also für ihn ausgezahlt. Rita konnte kaum die Finger lassen von ihrem Grinsebär. Das Schauspiel hatte sich bis in die Nacht hineingezogen, bis sie schließlich erschöpft einschliefen.

Als Pablo und ich es uns in Fach 13 gemütlich machten, bequemte sich mein Ex-Zellengenosse über zwei Autostunden entfernt endlich, seine Augen zu öffnen. Rita war schon länger wach und kraulte seine Brusthaare. Ihre Finger wanderten tiefer, blieben eine Weile auf seinem Sixpack liegen und trippelten danach auf seinen Bauchmuskeln herum.

„Du bist unglaublich in Form. Wie hast du das denn nur geschafft?"

„Ich habe ein wenig trainiert, schließlich hatte ich den ganzen Tag Zeit."

„Verrätst du mir, wie viel du jetzt wiegst?"

„Klar, komm mit", antwortete er und sprang aus dem Bett.
Kichernd wie frisch Verliebte rannten sie zum Badezimmer.
Kaum hatte er es betreten, stoppte er abrupt, sodass Rita
auflief.

„Was ist?", wollte sie wissen. Bevor er antworten konnte,
beantwortete sie selbst ihre Frage: „Du hast die Waage
vergessen!"

„Da muss ich mir wohl eine neue kaufen", sprach der
Verräter.

„Kommt nicht in Frage! Ich fand den Flokati so schön.
Worauf soll ich mich denn im Herbst und Winter wiegen?
Meine Waage ist nicht so kuschelig. Du musst sie
zurückholen."

Karl-Heinz hätte tausendmal lieber mit seiner Frau
weitergekuschelt, als sich auf den Weg zu machen und über
zwei Stunden bis zur Justizvollzugsanstalt zu fahren. Nach
dem verheißungsvollen Wiedersehen am Vorabend wollte er
es sich allerdings nicht mit Rita verscherzen. So machte er
sich notgedrungen auf den Weg. Als Dieter seine Schicht
beendete, war Karl-Heinz nur noch eine Viertelstunde vom
Gefängnis entfernt.

Nach seiner Ankunft begleitete ihn ein Wärter zur Zelle 87,
die noch nicht wieder belegt war. Locker machte er einen
tiefen Liegestütz und blickte ins Leere. Der Wärter erinnerte
sich daran, dass zwei verbliebende Gegenstände in die
Asservatenkammer gebracht worden waren und führte
Karl-Heinz in das Kellergewölbe.

Ich staunte nicht schlecht, als ich ihn von meinem Regal aus
in der Eingangstür entdeckte. „Sie kommen reichlich spät,
Herr Stöhricke", lautete mein Kommentar.

Olaf Remmers blickte ihn wortlos an und wartete darauf, dass der Besucher sein Anliegen schilderte.

„Wurde bei Ihnen eine Waage eingeliefert?“, fragte Karl-Heinz.

„Warum wollen Sie das wissen? Sie gehören nicht zum Personal“, entgegnete Olaf misstrauisch.

„Bei meiner Entlassung habe ich meine Waage vergessen“, erklärte Karl-Heinz.

„Das kann jeder behaupten. Haben Sie einen Nachweis?“

Natürlich hatte Karl-Heinz einen Nachweis. Alle persönlichen Gegenstände, die er bei Haftantritt bei sich gehabt hatte, waren protokolliert worden. Er gab Olaf die Liste und zeigte auf die Stelle, die meine Existenz belegte.

„Eine Waage mit weinrotem Flokati?“, las Olaf mit einem Stirnrunzeln.

Keinen Spruch jetzt!, warnte ich ihn im Gedanken.

Dieter wäre garantiert nicht so despektierlich gewesen, aber der war nicht da. Olaf war nicht sehr helle, hatte Pablo und mich schon längst wieder vergessen. Der Blick ins Übergabeprotokoll half ihm auf die Sprünge.

„Ach, richtig, heute früh wurden zwei Waagen eingeliefert. Das war vor meiner Schicht. Eine davon wird es sein. Die stehen da hinten. Ich hole die Waage. Dann müssen Sie noch unterschreiben.“

Bedächtig näherte sich Olaf meinem Fach. Noch vielleicht zwei Minuten und ich würde zu Stöhrickes zurückkehren. Wieder gingen mir viele Gedanken auf einmal durch den Sinn, war ich hin- und hergerissen angesichts eines erneuten Wendepunktes in meinem Leben. Ich freute mich durchaus, Karl-Heinz wiederzusehen. Auch wenn es da noch immer diese zwei Sätze gab, die ich ihm weiterhin nicht verzieh. Außerdem offenbarte er immer dann, wenn es um mich ging, eine fatale Vergesslichkeit. Trotzdem war er mein Trainingspartner, durch den ich mich in der Form meines Lebens befand.

Die Aussicht, dass sich Rita bald wieder auf mir wiegen würde, war ebenfalls verlockend. Das galt auch für die Aussicht, Pablo mit Verlassen der Asservatenkammer endlich aus meinem Bekanntenkreis streichen zu können. Dem gegenüber stand die Trauer, dass es nur zu einem kurzen Wiedersehen mit Dieter gereicht hatte und dass er mit Sicherheit lange daran knabbern würden.

Ein Argument gab schließlich den Ausschlag, nämlich die Tatsache, dass mir Karl-Heinz so viele Bücher vorgelesen hatte. Das rechnete ich ihm hoch an. Daher freute ich mich über jeden Schritt, den Olaf näherkam und danach über jeden Schritt, der mich aus Pablos Dunstkreis entfernte.

Der Rest ging relativ schnell. Karl-Heinz quittierte den Empfang, verließ mit mir das Gefängnis und legte mich auf den Beifahrersitz seines Autos. Ich fuhr nach Hause und hoffte, dass Dieter den Schock beim morgigen Antritt seiner Schicht möglichst gut verdauen würde.

Heimkehr

Der Kies knirschte, als wir die Auffahrt zum Haus nahmen. Ich hätte nie gedacht, dass ich mich einmal so sehr über dieses Geräusch freuen würde.

Rita wartete schon, nahm mich in Empfang und strich zärtlich über meinen Flokati. „Willkommen daheim", flüsterte sie mir zu.

Dann war es endlich so weit. Die vermeintliche Urlaubsreise, die sich als Gefängnisaufenthalt entpuppt hatte, endete nach langen vierzehn Monaten in meinem geliebten Badezimmer. Da war er wieder – mein strahlender weißer Palast!

Nachdem Rita mich neben die Wäschekommode auf meinen alten Platz gestellt hatte, wartete sie gespannt darauf, dass sich ihr Mann wiegen würde.

Karl-Heinz zog sich bis auf die Unterhose aus und präsentierte stolz sein Gewicht: dreiundachtzig Kilo. Sie war begeistert. Ihn hingegen überraschte es, dass er zwei weitere Kilo abgenommen hatte. Er konnte nicht wissen, dass ich ihm diese zwei Kilo *schenkte*, sozusagen als kleinen Willkommensgruß. Das tat ich aus Freude darüber, endlich wieder in meinem Badezimmer zu sein. Beim nächsten Mal würde ich wieder das reguläre Gewicht anzeigen. Das würde er locker verkraften. Zweifelsohne hatte ihn der Aufenthalt im Gefängnis mental gestärkt.

Für mich begann ein ruhiger Lebensabschnitt. Wahrscheinlich hätte ich in meiner Situation so gut wie jeden Umstand als ruhig empfunden, nach alledem, was mir in meinem Waageleben schon widerfahren war. Ich stand im hellen Badezimmer und genoss mein Dasein. Gelegentlich wog sich der Hausherr auf mir, was aufgrund seiner anhaltend sportlichen Verfassung völlig stressfrei ablief. Die Highlights dieser ruhigen Zeit setzte Rita, wenn sie sich ab und an auf mir wog.

Meine Feder trainierte ich weiterhin, auch wenn ich keinen Anlass mehr hatte, Gewichtsmessungen zu verfälschen. Ich wollte aber gut vorbereitet sein, man konnte ja nie wissen.

Irgendwann begann dieses schöne, bequeme Leben, mich zu langweilen. Ich vermisste meine Vorlesungen. Dafür hatte Karl-Heinz keine Zeit mehr, denn der Umsatz in seiner Firma hatte während seines *Urlaubs* gelitten. Abends kümmerte er sich lieber um Rita, als mir Abenteuerromane vorzulesen. Wieder träumte ich davon, eine Briefwaage zu sein.

Nach einem halben Jahr kam endlich etwas Abwechslung in mein Leben. Stöhrickes beschlossen, das Badezimmer zu renovieren. Ich fand auch, ein Fliesenwechsel könnte nicht schaden. Mit der Renovierung war zwangsläufig meine Umquartierung verbunden. Meine Anwesenheit als Aufsicht über den Fliesenleger, einen Freund des Hausherrn, war nicht erforderlich.

Zudem sorgte ich mich um meinen Flokati, der Gefahr lief, fürchterlich einzustauben. Davon hatte ich unter dem Bett in Zelle 87 bereits mehr als genug abgekriegt. Die Aussicht, mich im Rahmen der Arbeiten im Haus vielleicht erneut mit der Wasserwaage auseinandersetzen zu müssen, sprach ebenfalls für einen vorübergehenden Umzug

Eine Sache störte mich dennoch. Wieder einmal konnte ich auf die Rahmenbedingungen meiner Existenz keinerlei Einfluss nehmen. Ich wurde das Gefühl nicht los, dass mich die Menschen nicht als vollwertiges Mitglied ihrer Gesellschaft akzeptierten.

Schon wieder umziehen

Es war so weit.

Rita verfrachtete mich in mein Übergangsheim. Sie stellte mich in einem Raum ab, ohne das Licht anzumachen. Also wusste ich nicht, in welchem Teil des Hauses ich mich befand. Nach einer unruhigen Nacht voller altbekannter Träume wurde ich von einem Bohrhammer brutal aus dem Schlaf gerissen.

Als Rita in einer Bohrpause rief: „Schatz, du weißt ja, dass der Fliesenleger in zwei Tagen kommt", war mir klar, dass Karl-Heinz mit schwerem Gerät hantierte. Mit Hilfe seiner Hilti und seiner muskulösen Arme entfernte er die alten Fliesen mühelos in geradezu rasanter Geschwindigkeit. Dabei verursachte er einen Höllenlärm, der das ganze Haus erschütterte.

Es wurde gerade erst hell, sodass ich noch nicht genau erkennen konnte, wo ich gelandet war. Erst nachdem die Morgensonne die Oberhand gewonnen hatte, konnte ich mir endlich ein Bild von meinem neuen Standort machen.

Anscheinend befand sich in der ersten Etage des Hauses eine Art Asservatenkammer, von der ich bislang nichts mitbekommen hatte. In dieser Kammer stand ich nun nahe der Eingangstür. Zwar war dieser Raum nicht so riesig wie die Asservatenkammer im Gefängniskeller, hatte aber bestimmt die doppelte Größe meines Badezimmers. An den Längsseiten befanden sich Regale mit vielen Fächern auf jeweils fünf Etagen, alle randvoll gefüllt.

Die unterste Etage enthielt ausnahmslos Schuhe, sodass ich spontan befürchtete, Rita und Karl-Heinz könnten zu einem

Ring von Schuhschmugglern gehören und beim Maurerbetrieb würde es sich nur um eine Scheinfirma zur Geldwäsche handeln. In den darüber liegenden Etagen stapelten sich Massen von Shirts, Pullovern, Shorts, Strümpfen, Slips und BHs. Es handelte sich vornehmlich um Damenbekleidung.

Zu beiden Seiten der Eingangstür befanden sich große Spiegelschränke, in denen Kleider hingen. Vor einem dieser Schränke hatte mich Rita abgestellt.

Auf der gegenüberliegenden Seite sah ich ein großes Fenster, unter dem eine Wäschetruhe stand, daneben ein flacher, eleganter Gegenstand. Aus der Entfernung konnte ich es nicht genau erkennen, vermutete aber, dass es sich um eine Waage handelte. Um meine Neugierde befriedigen zu können, müsste ich allerdings näher herankommen.

Kaum hatte ich die vermeintliche Waage im Visier, erschien Rita. Sie ging in die Mitte des Zimmers. Von dort blickte sie zunächst auf mich, dann zur gegenüberliegenden Wand und überlegte eine Weile.

„Ich glaube, da drüben bist du am besten aufgehoben“, beschloss sie am Ende. Sie nahm mich und stellte mich neben die große Unbekannte.

Danach verbrachte sie geschlagene dreißig Minuten damit, für diesen Tag das passende Outfit zusammenzustellen. Perfekt angezogen verließ sie schließlich das Zimmer.

Ich blieb zurück, doch ich war nicht allein. Neben mir stand eine Personenwaage.

Aber was für eine Waage! Von so etwas hatten mir meine Eltern nie berichtet. Mir war nicht bewusst gewesen, dass es solche edlen Artgenossen gab. Diese Waage verbreitete einen unglaublichen Glanz. Sofort vergaß ich Briefwaagen und Goldwaagen, diese hier war ein Traum. Die Wiegefläche bestand aus gehärtetem silbergrauen Sicherheitsglas, nur etwa zarte fünf Millimeter dick. An den Kanten war das Glas rund geschliffen. Eine Digitalwaage! Die erste, die ich zu Gesicht bekam. Pablo zählte ich nicht mit, denn ihn hatte ich von Anfang an nicht ernst genommen.

Ihre Anzeige ließ meine eigene Skala wie ein Relikt aus längst vergangenen Zeiten erscheinen. Unter ihrem Glas waren die Ziffern 0.0 zu sehen, auch im Ruhezustand. Jede Null bestand aus je drei weißen kristallenen Kästchen oben und unten sowie je fünf Kästchen an den Seiten. Insgesamt zwölf Kristalle formten also jeweils die Ziffer 0. Purismus und Eleganz waren in dieser Waage in Perfektion vereint. Rechts oben neben der 0.0 stand ganz klein die Einheit Kilogramm, geradeso, als spielte das Gewicht nur eine Nebenrolle, als wäre das Wiegen lediglich ein Randthema. Einzig und allein der Auftritt dieser Waage zählte!

Waagemuth, deine Wurzeln kannst du nicht verleugnen, kam mir wieder in den Sinn. Ich verstand, warum mir mein Vater nichts über solche Waagen erzählt hatte. Er wollte nicht, dass ich einem solchen Vorbild nacheifern und meine Wurzeln vergessen würde. Meiner Ansicht nach hätte er mir sehr gern davon berichten und mir den Mund wässrig machen können.

Beim Anblick der Glasfläche und der Anzeige geriet mein bisheriger Traum, eine Briefwaage zu sein, ernsthaft ins Wanken. Außerdem war ich neidisch darauf, dass diese Waage die bezaubernde Rita wohl ziemlich oft wiegen durfte und offensichtlich ein privilegiertes Dasein führte. Allerdings war es ganz sicher nicht so spannend wie mein bisheriges Leben.

Facile

Bereits seit sieben Tagen stand ich neben diesem Traum aus Glas. Ich fühlte mich wie unter einer Dunstglocke, alles schien vernebelt. Ritas morgendlichen Auftritt nahm ich nur verschwommen wahr. Auch ihre Worte, wenn sie sich nach der Wahl einer besonders gelungenen Kombination von Kleidungsstücken selbst beglückwünschte, kamen nur gedämpft bei mir an.

Ich hatte nur noch Augen für meine Nachbarin. Seit einer geschlagenen Woche rang ich um die passenden Worte, um sie anzusprechen. Dabei wollte ich nichts falsch machen. Schon über ein Dutzend einleitende Sätze hatte ich gesponnen, um sie gleich danach wieder zu verwerfen, aus Angst, sie würden ihr nicht gefallen.

Da durchdrang an diesem denkwürdigen Morgen eine zärtliche und zugleich glockenhelle Stimme den Nebel: „Du kannst Facile zu mir sagen.“

„Oh!“, brachte ich nur heraus. Wut überkam mich. Da suchte ich eine Woche lang nach den passenden Worten und dann reichte es nur für ein stumpfes *Oh*. Wozu hatte mir Karl-Heinz eigentlich monatelang vorgelesen? Wozu hatte ich ein schier unerschöpfliches Reservoir an Worten angelegt? Für ein nichtssagendes: *Oh!*

Nach ihren Worten löste sich der Nebel schlagartig auf. Gleichzeitig trafen die ersten Sonnenstrahlen, die durch das Fenster hereinfielen, auf den Rand ihrer Glasfläche. Dort wurden sie gebrochen und in vielen hundert feineren Strahlen durch das Zimmer geschickt. Facile erschien mir als die Erleuchtung meines Lebens.

„Ich finde dich süß", säuselte mir diese Wiege des Lichts zu. Um mich war es geschehen. Was mir meine Mutter einmal vorhergesagt hatte, war eingetreten: „Eines Tages wirst du die Waage deines Lebens finden. Es wird dich treffen wie der Blitz, mein Junge."

Ich wollte ab sofort den Rest meines Lebens neben Facile verbringen, da konnte Karl-Heinz das Badezimmer noch so schön herrichten und mich mit einem Stapel Bücher locken.

Von Faciles Worten ermuntert, begann ich, ihr von meinem bisherigen Leben zu erzählen. Ich offenbarte mich, schüttete ihr mein ganzes Herz aus. Ich redete, redete und redete, nahm sie mit auf die Reise und durchlebte dabei noch einmal die Stationen auf meinem Weg zu ihr. Ich berichtete ihr von Momenten voller Dunkelheit, Trauer, Zorn und Verzweiflung, aber auch Hoffnung, Mut, Gelassenheit und Freude.

Ich beschrieb ihr Ingo, Dieter, Jochen, Volker und den Fahrer des Opel Vectra. Sogar mein größtes Geheimnis breitete ich vor ihr aus – das Spiel meiner Feder. Stolz zeigte ich ihr, wie ich den Zeiger auf meiner Skala zehn Kilo anzeigen ließ, ohne dass mich ein Mensch betrat. Mit der Beherrschung meiner Stahlfeder gedachte ich, sie zu beeindrucken. Sicher war ihr etwas derart Archaisches völlig unbekannt. Immerhin war sie eine Digitalwaage! Mit Sicherheit hatte sie auch nie *Pumping Iron* gesehen. Doch ich hoffte, genauso einen Reiz auf sie auszuüben wie der junge Karl-Heinz mit seinem Körper auf Rita.

Stundenlang berichtete ich ihr, ließ sie an meinem Leben teilhaben, obwohl ich sie doch eben erst kennengelernt hatte.

Ich konnte nicht anders, denn mich hatte der Blitz getroffen. Abends war ich am Ende meiner Erzählungen angelangt und total ausgelaugt. Facile hatte die ganze Zeit über nichts gesagt. Sicher war sie genauso erschöpft wie ich, beeindruckt von dem Leben außerhalb des Anziehzimmers. Ich machte mir große Hoffnungen, dass sie mich fortan als starken Beschützer an ihrer Seite haben wollte. Erschöpft schliefen wir beide ein.

Waagis Digitalis

Am nächsten Morgen wurden wir wie üblich von Rita geweckt. Nachdem sie ihr Outfit für den Tag ausgesucht hatte, verließ sie uns wieder. Die ersten Sonnenstrahlen krochen durch das Fenster und in mein Herz.
Vorsichtig schaute ich zur Seite. Und tatsächlich! Facile, der zu Glas gewordene Traum, stand noch neben mir. Den gestrigen Tag hatte ich mir also nicht eingebildet. Da sie bereits mein tiefstes Inneres kennengelernt hatte, hoffte ich, sie würde mir nun etwas von sich offenbaren.
Gespannt wartete ich auf ihre Worte. Die ließen nicht lange auf sich warten: „Du kannst Facile zu mir sagen." Der Satz kam mir irgendwie bekannt vor. „Ich finde dich süß", fügte sie hinzu.
Sie sprach in einer Tonlage, die den Glanz des Vortrages vermissen ließ und irgendwie blechern klang. Diese beiden Sätze waren alles, was ich von ihr zu hören bekam. Mehr konnte ich ihr beim besten Willen nicht entlocken. Ich vermutete, dass sie meine Biographie noch nicht ganz verarbeitet hatte und noch etwas Zeit brauchte. Deshalb wollte ich sie nicht drängen. Sicher würde sie bald mehr von sich preisgeben.

Auch der nächste Tag begann mit Ritas Besuch. Nachdem sie uns wieder verlassen hatte, wartete ich gespannt darauf, dass Facile unsere Konversation endlich fortsetzen würde. Sie hatte genug Zeit gehabt, sich darauf einzustellen.
„Du kannst Facile zu mir sagen", säuselte sie.

„Ja, und du findest mich süß, ich weiß", erwiderte ich leicht angesäuert.

„Ich finde dich süß", teilte sie mir mit.

In was für ein Dilemma war ich hier geraten? Ich schien einer glänzenden Täuschung erlegen zu sein, einem Trugschluss. Eine ganze Nacht grübelte ich darüber nach.

Am achten Tag unserer Beziehung nahm ich mir Facile vor. „Komm schon, sag es!", verlangte ich, gleich nachdem Rita ihr morgendliches Anziehritual beendet hatte.

Wie erwartet fing sie an zu sprechen. „Du kannst Facile …" Mehr kam nicht heraus.

„Wie bitte? Ich habe dich nicht verstanden." So forderte ich sie unwirsch auf, ihren Satz zu beenden. Aber es war zwecklos, sie brachte keinen Ton mehr heraus.

Facile gehörte zur Spezies Waagis Digitalis. Ihre Batterien hatten sich entleert, ihre Lebensgeister waren erloschen. Gott sei Dank waren meine Eltern analoge Waagen. Diesmal war ich richtig stolz auf meine Wurzeln, denn mir würde so ein Schicksal erspart bleiben. Am nächsten Morgen setzte Rita neue Batterien ein. Mit den alten wurde leider auch Faciles Gedächtnisspeicher entsorgt. Ich hatte alles umsonst erzählt! Zeigerschüttelnd blickte ich auf diesen Trugschluss einer Traumwaage.

Genervt hörte ich mir das Unabwendbare an: „Du kannst Facile zu mir sagen" und „Ich finde dich süß". Meine erste Liebe hatte sich als ziemlicher Reinfall entpuppt.

Unter dem Bett

Derart enttäuscht wartete ich ungeduldig auf das Ende der sanitären Baumaßnahme, um endlich wieder meinen angestammten Platz im Badezimmer neben der Wäschetruhe einzunehmen. Ich wollte keine weitere Nacht neben Facile verbringen und den nächsten Tag nicht neben ihr aufwachen, nur damit sie ihre Phrasen dreschen konnte.

Ich hatte Glück, denn noch am gleichen Abend holte Rita mich aus dem Anziehzimmer.

„Endlich geht es zurück in heimische Gefilde", jubilierte ich. Von Facile verabschiedete ich mich nicht. Das wäre vergebene Liebesmüh gewesen.

Der Weg, den Rita einschlug, war allerdings ein ganz anderer als beim Umzug aus dem Badezimmer ins Anziehzimmer. Nun gut, das Haus war groß, ich kannte nicht alle Räume und Flure.

Im Treppenhaus blieb sie stehen und rief laut: „Grinsebär, hier ist deine Waage. Soll sie wieder ins Badezimmer?"

„Warte, ich komme", rief er zurück.

Das war mir ein Rätsel. Was gab es da zu überlegen? Karl-Heinz erschien und sie übergab mich wie ein Staffelholz.

„Es ist deine Waage, Grinsebär. Entscheide du."

Moment mal, was wird hier gespielt?, schoss es mir durch den Kopf.

Nachdenklich schaute er mich eine Weile an. Dann ging er ins eheliche Schlafzimmer und stellte mich unter das Bett.

Ich verschwand nicht ganz hinten, sondern landete an der Seite. Ich war etwas überrascht, aber keineswegs unangenehm. Karl-Heinz tat diesen Schritt wohl in Erinnerung an unsere gemeinsame Zeit in der Zelle, sozusagen um der alten Zeiten Willen. Hier war es nicht so schön hell wie im Badezimmer, aber es bestand die Aussicht, dass er mir wieder vorlesen würde, so wie im Gefängnis. Das stimmte mich froh.

Leider wurde ich enttäuscht. Vorgelesen hat mir Karl-Heinz nie wieder. Zwar war die Zeit unter dem Bett noch immer um ein Hundertfaches lauter als die Zeit der Stille in der Zelle, doch ich hörte keine fantastischen Abenteuergeschichten mehr.
Alles, was ich mitbekam, waren Wortfetzen. Karl-Heinz und Rita unterhielten sich in einer mir völlig unbekannten Sprache. Sie klang ganz anders als die üblichen Laute. Es waren gutturale Laute. Kaum zu verstehende Buchstabenfolgen verließen gequetscht und gepresst ihre Münder. Sie schienen sich wichtige Dinge mitzuteilen, jeder wollte den anderen übertrumpfen, sie feuerten sich gegenseitig an.
Ihr intensiver Austausch verlangte alles von ihnen ab, bis sie schließlich mit einem besonders lauten Ausruf ihr Gespräch beendeten. Offenbar hatten sie sich alles gesagt, denn danach schliefen sie erschöpft ein. So ging es Abend für Abend, am Wochenende auch tagsüber. Egal, wie sehr ich mich auch bemühte, verstehen konnte ich sie nie.
Nur einmal, es war an einem Sonntagmorgen, sprach Rita einen klar verständlichen Satz: „Hallo, mein kleiner Kalli, bist du auch schon wach?"

Der Abschied

Die immer gleichen und von mir trotz aller Bemühungen nicht zu entschlüsselnden Dialoge der Eheleute Stöhricke ödeten mich mittlerweile an und machten den Aufenthalt unter dem Bett immer unerträglicher. Ich spürte, dass es an der Zeit war, meine Gastfamilie zu verlassen und mich nach neuen Herausforderungen umzusehen. Gemeinsam hatten wir viel erlebt und überstanden, doch alles hat einmal ein Ende.

Da ich mangels Beweglichkeit bei einem Umzug auf menschliche Hilfe angewiesen war, blieb mir allerdings nur, mich in Geduld zu üben. Ich musste warten, bis mich irgendein unvorhergesehenes Ereignis an einen anderen Ort verschlagen würde.

Karl-Heinz war sicher nicht die Person, die dazu beitragen würde. Dieser unverbesserliche ehemalige Maurergeselle hatte mich schon so oft vergessen. Auf ihn konnte ich wohl nicht zählen.

Es war Sammy, der meinen Abschied einläutete. Zusammen mit Lisa, mit der er seit einiger Zeit liiert war und die bei ihm wohnte, wollte er auf einen Flohmarkt gehen, diesmal aber nicht als Besucher, sondern als Verkäufer. Lisa liebte Flohmärkte und hatte Sammy auf den Geschmack gebracht. Etliche kuriose Gebrauchsgegenstände und *Stehrümmchen* zierten mittlerweile die Einliegerwohnung. Die Wohnung war so vollgestellt, dass es an der Zeit war, den Flohmärkten etwas zurückzugeben.

Das alles wusste ich durch die vielen Gespräche zwischen den Hausbewohnern, die sich zum Wochenende hin intensiviert hatten. Über die Vorgänge im Haus war ich umfassend im Bilde.

Sammy hatte seinen Vater gebeten, seinen Geländewagen für ein paar Tage nicht in der Garage zu parken, um dort alle Teile sammeln zu können, die er gemeinsam mit seiner Freundin verkaufen wollte. Die Garage war bereits gut gefüllt. Sammy hatte alles genau geplant und von seinem Vater die Erlaubnis erhalten, am Wochenende für den Transport zum Flohmarkt einen der Firmenwagen zu benutzen, einen Pick-Up mit riesiger Ladefläche.

Am Tag vor dem Flohmarkt durchsuchte Sammy auch noch das elterliche Haus nach Gegenständen, von denen er annahm, sie wären entbehrlich. Dabei war Lisa die treibende Kraft, sie wollte wohl ordentlich Kasse machen. Ständig rannte er mit irgendwelchen Teilen zu seinen Eltern, um zu fragen, ob er das für den Flohmarkt haben könnte. Für eine angemessene Provision würde er sich um den Verkauf kümmern. Seine Hausdurchsuchung war allerdings nicht sehr erfolgreich. Rita hatte alle Einrichtungsgegenstände und Accessoires gezielt ausgesucht und ausnahmslos passend in der Wohnung platziert. Es war so gut wie nichts entbehrlich. Mit leeren Händen wollte Sammy aber nicht davonziehen.

„Papa, wo ist eigentlich diese Waage mit dem weinroten Flokati? Brauchst du die überhaupt noch?", hörte ich ihn durch das Haus rufen.

Nun kam ich Karl-Heinz wohl wieder in den Sinn. Dabei hätte er mich jeden Tag sehen können, wenn er beim Zubettgehen nur etwas aufmerksamer gewesen wäre.

„Warte, Sammy, ich weiß, wo sie ist", sagte er zu seinem Sohn. Er holte mich unter dem Bett hervor und brachte mich zu Sammy in den Flur.

„Prima, für die finde ich bestimmt einen Liebhaber", bedankte sich Sammy artig.

Rita kam hinzu. Sie wollte sicher sein, dass ihr Sohn nicht doch noch irgendetwas ohne ihre Erlaubnis aus dem Haus schleppte.

„Du willst die Waage weggeben? Die ist doch schön", wand sie ein. Wenigstens sie wollte mich nicht so einfach ziehen lassen. Rita hatte mich nie enttäuscht.

„Schön hässlich, wenn ich ehrlich bin", kommentierte ein höchst unsensibler Hausherr.

Ich hatte verstanden. Zum Abschied strich mir Rita noch einmal über meinen Flokati. Das war es dann. Sammy trug mich weg. Ich verbrachte meine erste Nacht in einer Garage. Es wurde eine unruhige Nacht. Das war nicht verwunderlich angesichts des Sammelsuriums von Gegenständen. Ich fühlte mich beobachtet, von irgendwo tief aus dem Wust von Gerümpel. Ich döste mehr, als dass ich schlief. In vielen Träumen begegneten mir Reiner Lange, der blöde Ingo und Wiegenoth, der mir weiterhin eine Antwort schuldig blieb. Auch von Pablo träumte ich, mit dem ich in einer Zelle schmorte. Wir waren zu lebenslanger Haft verurteilt worden. Pablo quälte mich mit seinen zähen Gesprächen. Da wachte ich auf.

Durch zwei schmale Fenster drang nur wenig Licht in die Garage. Meine Augen hatten sich inzwischen daran gewöhnt. Bis Sammy mit uns zum Flohmarkt fahren würde, blieb mir noch Zeit, mich etwas umzusehen. Vor allem wollte ich wissen, wer oder was mich beobachtete. Quadratzentimeter um Quadratzentimeter sondierte ich die Garage, ohne dabei fündig zu werden.

Als Sammy dann anrückte und das Tor öffnete, fielen ein paar Sonnenstrahlen herein. Sie wurden von der Werkbank zu mir zurückgeworfen, genauer gesagt wurden sie von einem Glasauge reflektiert. Es war also die Wasserwaage, die mich die ganze Zeit fixierte, ohne ein Wort zu sagen. Ich hatte nicht gedacht, dass ich sie noch einmal wiedersehen würde. Ebenso wenig hatte ich angenommen, dass sie ihr arrogantes Verhalten ablegen würde.

Ungerührt starrte sie mich weiter an, bis Sammy alle Flohmarktsachen, einschließlich meiner Wenigkeit, auf den Pick-Up verfrachtete.

Nachdem Sammy das Garagentor geschlossen hatte, stiegen er und Lisa ein. Wir fuhren vom Grundstück. Das Knirschen des Kieses war das letzte Geräusch, dass ich im Reich der Stöhrickes vernahm.

Auf dem Flohmarkt

Nach einer halben Stunde erreichten wir den großen Parkplatz eines Baumarktes, die Kulisse des sonntäglichen Flohmarktes. Sammy und Lisa trugen die ausgesonderten Gegenstände von der Ladefläche des Pick-Up und breiteten sie auf einem klapprigen Tapeziertisch aus.

Zunächst fand ich an zentraler Stelle am Rand des Tisches Platz, stand in vorderster Front an der Verkaufsgasse und hatte somit gute Chancen, einen Käufer und damit ein neues Zuhause zu finden. Im letzten Moment aber zauberte Lisa noch eine Klobürste aus dem Fußraum des Beifahrersitzes hervor und stellte mir diese direkt vor das Gehäuse, nachdem sie mich rücksichtslos nach hinten geschoben hatte.

„Die vergoldete Klobürste geht bestimmt als erstes Teil weg", erklärte sie Sammy.

Hoffentlich!, dachte ich. Die Klobürste war zwar vergoldet, aber sie roch unangenehm. Mit Verkaufsregalen jeglicher Art hatte ich einfach kein Glück.

Es war noch früh. Die professionellen Aufkäufer und die echten Flohmarktfans inspizierten das Angebot auf den vielen Tapeziertischen und Ständen. Lisa sollte zu meiner großen Freude recht behalten. Die Klobürste entpuppte sich tatsächlich als Objekt größter Begierde. Ein zerlumpt aussehender älterer Herr zog ein Bündel Geldscheine aus seiner Jogginghose und zahlte anstandslos die verlangten zehn Euro. Anscheinend konnte er den Wert der Klobürste ganz gut einschätzen. Endlich entfernte sich der Gestank aus meiner unmittelbaren Umgebung.

Zu meinem Entsetzen hob mich Sammy hoch und brüllte dem Mann hinterher: „Was ist mir der Waage? Die passt doch gut dazu. Noch mal zehn Euro und sie gehört Ihnen!"

Es beleidigte mich, dass er mich so billig verkaufen wollte. Sammy hatte nicht die geringste Ahnung, welche Kräfte in mir schlummerten, sonst hätte er gewiss nicht versucht, mich für diesen lächerlichen Betrag zu verschleudern. Doch ich atmete auf, als ich sah, dass der Mann lachend abwinkte. So nahm ich meinen Platz auf dem Tisch wieder ein.

Nach und nach füllten sich die Laufgassen. Viele Menschen besuchten den Flohmarkt anscheinend nur zum Flanieren ohne irgendwelche Verkaufsabsichten. Für Sammy und Lisa lief das Geschäft ziemlich schleppend. Lediglich ein paar Teetassen aus Lisas Sammlung fanden Interessenten.

Insgesamt war es ein langweiliger Vormittag. Mehrfach nickte ich kurz ein.

Dann kam es zu einem von mir nicht für möglich gehaltenen Wiedersehen. Wie aus dem Nichts stand Dieter vor unserem Tapeziertisch. Erst blickte er mich ungläubig an. Dann strich er mir vorsichtig über den Flokati. Das entging Sammy nicht, sofort witterte er ein Geschäft.

„Die gefällt Ihnen wohl, was?"

Dieter sagte nichts, er nickte nur.

„Vierzig Euro, dann gehört sie Ihnen. Was ist?", bot er mich zu einem schon angemesseneren Preis an.

Dieter blickte auf, kniff die Augen zusammen, überlegte angestrengt.

„Das ist eine einmalige Gelegenheit. So etwas finden Sie hier auf dem Flohmarkt kein zweites Mal. Glauben Sie mir!", schob Sammy nach.

„Warten Sie einen Augenblick“, bat Dieter. „Mein Freund hängt noch an einem Stand mit alten Standuhren fest. Von dort muss ich ihn erst loseisen. Die Waage ist gebongt, vierzig Euro ist okay. Ich möchte meinem Freund eine Freude machen, zufällig mit ihm vorbeischlendern und ihn dann mit der Waage überraschen. Bitte warten sie zehn Minuten, bis wir wieder da sind.“ Freudestrahlend entfernte sich Dieter von unserem Stand.

„Du bist bescheuert“, warf Lisa Sammy an den Kopf.

„Hä, wieso?“

„Du hättest mehr dafür kriegen können. Hast du das nicht gemerkt?“

„Ich finde vierzig Euro ganz okay.“

„Jaja, schon klar. Dir reicht das natürlich.“

Welche Ehre! Um mich entbrannte ein handfester Streit. Dabei entging ihnen, dass eine junge Frau schüchtern vor unserem Stand darauf wartete, etwas zu sagen.

Sie war schlank, hatte kurze dunkle Haare und eine Hornbrille auf der Nase. Das geblümte Kleid mit kurzen Ärmeln gab den Blick auf ihre elfenbeinfarbene Haut frei. An ihrem Arm baumelte ein Jutebeutel. Sie blickte mich an, dann strich sie ganz kurz mit Zeigefinger, Mittelfinger und Ringfinger ihrer rechten Hand über meinen Flokati, um ihre Finger dann auf mir ruhen zu lassen. Das fühlte sich angenehm an, wie bei Rita. Aber gleichzeitig fühlte es sich auch anders an. Lisa haute Sammy auf die Schulter, als sie die Interessentin endlich bemerkte.

„Wieviel möchten Sie dafür haben?“, fragte die junge Frau mit leiser Stimme.

„Sechzig Euro!", lautete Lisas Antwort in einer Tonlage, die keinerlei Anzeichen von Verhandlungsbereitschaft erkennen ließ.

Sammy machte große Augen, traute sich aber nicht, zu widersprechen. Die junge Frau hatte nicht die Absicht, zu verhandeln. Sie gab Lisa das Geld, nahm mich vom Tisch und steckte mich behutsam in ihre Jutetasche. Langsam entfernten wir uns vom Tapeziertisch. Ich hörte noch, wie Sammy und Lisa weiterstritten.

„Bist du bescheuert? Ich habe die Waage doch gerade diesem Typen versprochen."

„Selber bescheuert! Die Kleine hatte doch keine Ahnung. Die hat mir glatt zwanzig Euro mehr gegeben."

„Und wenn der andere zurückkommt?"

„Dann hat er halt Pech gehabt."

Ich war mir nicht sicher, wie Dieter das verkraften würde. Er tat mir irgendwie leid, denn schon zum dritten Mal würde er eine herbe Enttäuschung erleiden. Sammys Worte waren übrigens die letzten Worte eines Stöhrickes, die ich in meinem Leben vernehmen sollte. Der Abschied von dieser Familie war endgültig.

Königsberger Straße 16

In der Jutetasche konnte ich nicht viel sehen. Von oben erreichte mich der eine oder andere Sonnenstrahl, manchmal erhaschte ich etwas vom blauen Himmel. Durch den Stoff nahm ich die Umgebung nur als unscharfe Schatten wahr. Das leichte Wippen der Tasche verriet mir, dass wir noch immer zu Fuß unterwegs waren. Zunächst führte uns der Weg durch Menschentrauben, bis das Stimmengewirr nach ein paar Minuten nachließ, bevor es ganz verstummte. Wir hatten das Flohmarktgelände also verlassen.

Nach kurzer Zeit hörte das Wippen auf, ich wurde in ein Behältnis gelegt. Es war eindeutig ein Fahrradkorb. Ich wurde geschoben. Die Geräusche kannte ich. Rita fuhr oft mit dem Fahrrad in die Stadt. Der Beutel verrutschte etwas, was mir die Möglichkeit gab, mehr von meiner Umgebung zu erkennen.

Das Rad gab ein leises Knirschen von sich, verursacht durch das Ineinandergreifen von Fahrradkette und Ritzeln. Hinzu kam von Zeit zu Zeit ein Quietschen, wenn die Kette um einen Tropfen Öl bettelte. Die letzte Klarheit darüber, dass ich zum ersten Mal in meinem Leben mit dem Rad fuhr, gab mir die Klingel, von der die junge Frau oft Gebrauch machte.

Ihr ständiges Klingeln regte meine Fantasie an. Entweder war sie eine ganz Forsche, die Fußgänger und langsamere Radfahrer mit Freude aus dem Weg klingelte, oder sie war übervorsichtig, wollte jeden warnen und unter allen Umständen verhindern, dass sich jemand erschrak, wenn sie vorbeifuhr. Ich ordnete sie der zweiten Kategorie zu. Ihr unsicheres Auftreten auf dem Flohmarkt machte mir die Entscheidung relativ leicht. Ganz sicher war sie sehr auf die Einhaltung der Verkehrsregeln bedacht.

Die Straßen, die wir entlangfuhren, kamen mir allesamt unbekannt vor. Mich beunruhigte das nicht im Geringsten. Etwas anderes erwartete ich gar nicht. Zwar hatte ich bisher schon viel erlebt. Was das Befahren von Straßen betraf, sei es nun mit dem Auto oder mit dem Fahrrad, da war ich allerdings noch immer ein Novize. Bislang konnte ich nur wenige Strecken vorweisen: vom Elektromarkt zu Stöhrickes, von Stöhrickes ins Gefängnis, vom Gefängnis zurück zu Stöhrickes, von Stöhrickes zum Flohmarktgelände, also dem Parkplatz des Baumarktes. Eine bescheidene Bilanz!

Nach gut zwanzig Minuten erreichten wir ein Viertel mit kleinen Reihenhäusern aus den Fünfzigerjahren. Die Straßennamen hatten Bezüge zu ehemaligen deutschen Städten, die heute zu Polen und Russland gehörten. Über die Posener Straße und die Breslauer Straße erreichten wir die Königsberger Straße. Das Rad rollte langsamer und stoppte am Haus Nummer 16. Dann nahm die junge Frau mich vorsichtig aus der Jutetasche und stellte mich auf den Treppenabsatz, der mit drei Stufen zur Haustür führte.

Die Reihenhäuser in dieser Straße waren außergewöhnlich klein, die Grundstücke hatten eine Breite von vielleicht fünf Metern.

Da wurde mir bewusst, in welch noblem Zuhause ich bisher residiert hatte, dazu noch in einem Luxusbadezimmer. In einem Reihenhaus von dieser bescheidenen Größe würde mein altes Badezimmer sicher das komplette Erdgeschoss ausfüllen.

Vom Treppenabsatz aus konnte ich sehen, wie meine neue Besitzerin ihr Rad sorgfältig abschloss und sich mehrfach versicherte, dass das Schloss auch wirklich zu war. Während sie das tat, trat ein Mann aus dem Nachbarhaus.

„Hallo, Fräulein Müller", begrüßte er sie im Vorbeigehen.

Sie erwiderte seinen Gruß wortlos mit einem leichten Nicken und widmete sich wieder ihrem Rad. Nachdem sie es ordentlich gesichert hatte, rückte sie es gerade, sodass es dem Postboten auch nicht im Weg stand. Die Jutetasche faltete sie penibel und legte sie in den Fahrradkorb. Nach einem letzten Blick drehte sie ihrem Rad den Rücken zu, nahm mich auf, öffnete die Haustür und trug mich in mein neues, kleines Zuhause in der Königsberger Straße 16.

Mein neuer Platz

Was nun folgte, kam für mich unerwartet. Sie begann, mit mir zu reden. Gespräche mit anderen Waagen waren mir geläufig, nicht jedoch mit Menschen. Selbstgespräche, die Beleidigungen von Karl-Heinz oder die netten Worte von Rita waren ja keine *echten* Gespräche.

„Willkommen bei mir daheim. Ich habe dich schon lange gesucht. Leider weiß ich noch keinen Namen für dich. Komm, ich zeige dir mein Haus", begrüßte sie mich.

Ich war verwirrt. War sie einer der wenigen Menschen, einer von hunderttausend, die nicht nur ahnten, sondern wussten, was wirklich in uns Waagen steckt? Oder war es eine Marotte von ihr? Ich wollte später darüber nachdenken, mich im Augenblick lieber auf die Führung konzentrieren.

Vom kleinen Flur führten drei Türen in weitere Räume und eine Treppe nach oben. Durch die erste Tür auf der linken Seite gingen wir in die Küche, die neben einer schmalen Küchenzeile nur Platz für einen kleinen Klapptisch bot. Der lehnte zusammengeklappt an der Wand unter dem Fenster, von dem aus man einen guten Blick auf die Königsberger Straße hatte.

Ich stellte mir vor, wie Fräulein Müller an der Küchenzeile lehnte, einen Tee trank und nach draußen blickte, um sich sicherheitshalber noch mal vom ordnungsgemäßen Zustand ihres Fahrrades zu überzeugen.

Von der Decke hing eine Blumenampel mit einem Bubikopf, dessen Blättchen über den Rand wallten. Sie stellte mich auf der Küchenzeile ab, um der Pflanze etwas Wasser zu geben.

Auf der Fensterbank entdeckte ich ein altes Transistorradio, das vermutlich genau wie ich seinen Weg vom Flohmarkt in dieses Haus gefunden hatte.

Fräulein Müller verließ mit mir die Küche und wir betraten durch die gegenüberliegende Tür das Badezimmer. Etwas Großartiges hatte ich natürlich nicht erwartet. Die Enge des Zimmers überraschte mich dann aber doch. Von diesem Räumchen hätten glatt sechs Ausfertigungen in mein altes Badezimmer gepasst. Außerdem machte hier alles einen sehr altmodischen Eindruck, kein Vergleich zu meinem früheren lichtdurchfluteten und stilvoll eingerichteten Gemach mit hellen Fliesen und zwei großen Fenstern.

Über der Toilette hing knapp unterhalb der Decke ein Kasten an der Wand. Eine Kette mit einem Griff baumelte herab. So etwas hatte ich noch nicht gesehen. Ich rätselte, was wohl passieren würde, wenn man an dem Griff zog. Noch etwas anderes beschäftigte mich: Wo um alles in der Welt sollte ich in diesem winzigen Raum Platz finden? Neben der Toilette? Unter dem Waschbecken? Vor der Duschkabine? Keiner dieser Plätze kam mir erstrebenswert vor. Würde sie mich am Ende sogar mangels Alternativen oben auf dem Kasten abstellen? Reichlich verunsichert verließ ich mit ihr das wohl kleinste Badezimmer der Stadt.

Zurück auf dem Flur gingen wir durch die dritte Tür ins Wohnzimmer. Es handelte sich allerdings eher um eine Wohnstube, in der die Zeit stehengeblieben war. Ein plüschiges Zweiersofa, der Couchtisch und das Sideboard aus dunklem Eichenholzfurnier schienen das wenige Licht im Raum aufzusaugen, sodass das Zimmer noch kleiner wirkte. Auf dem Sideboard stand ein alter Plattenspieler, dem ich nicht zutraute, noch funktionsfähig zu sein, darunter ein alter Receiver. Welch ein krasser Gegensatz zum Hause Stöhricke, in dem sogar das Schlafzimmer von einer Musikanlage der Marke *Bang & Olufsen* geschmückt wurde. Neben dem kleinen Röhrenfernseher im Wohnzimmerschrank stand ein Bild mit der Schwarz-Weiß-Fotografie eines älteren Herrn.

„Guck mal, Opa, ich habe endlich eine schöne Waage gefunden." Damit hatte sie mir die Identität dieses Herrn verraten. Sie hielt mich nahe an das Bild. Ich schaute in ein gütiges Gesicht. Vielleicht würde ich ihn noch persönlich kennenlernen. Er machte einen netten Eindruck.

Wir verließen die Wohnstube und betraten die Treppe. Auf der rechten Flurseite hinter dem Badezimmer führte sie in das Obergeschoss. Ich vermutete meinen neuen Standort dort oben.

Fräulein Müller stieg mit mir ein paar Stufen hinauf und stellte mich auf der achten Stufe ab, dort, wo die Treppe sich um die Kurve schwang. Ich stand genau in der Mitte der Kehre. *Sicher wird sie meinen Platz im Obergeschoss erst noch für mich richten,* war mein erster Gedanke.

Sie ging jedoch nicht weiter, sondern meinte: „Ich habe nur wenig Platz im Haus. Hier ist es genau richtig für dich. Du brauchst keine Angst zu haben. Ich passe auf, damit du nicht die Treppe hinunterfällst."

Ihre Versicherung in allen Ehren, ich fühlte mich in diesem Moment völlig fehl am Platz. Nach Verlassen meiner Kinderstube in Halle 3 waren bislang ein Karton, ein Regal in einem Elektrofachmarkt, ein äußerst großzügiges Badezimmer und eine Gefängniszelle mein Zuhause

gewesen. Die Asservatenkammer, Ritas Ankleidezimmer
und die Garage zählte ich nicht dazu, denn die Aufenthalte
dort währten nur kurz.

Nun kam noch eine Treppe hinzu – hoffentlich nur ein
Übergangsquartier. Oder stand mir vielleicht doch ein Leben
auf der Treppe bevor? Vielleicht war Fräulein Müller kein so
besonderer Mensch, wie ich angenommen hatte. Womöglich
redete sie mit Gegenständen aller Art. Ihr bisheriges
Verhalten erweckte jedenfalls den Eindruck, dass es sich bei
ihr um eine eigenartige junge Frau handelte. Es konnte aber
auch sein, dass ich mir das alles nur einbildete und den
ersten Eindruck falsch interpretierte. Immerhin war sie
sportlich, fuhr mit dem Rad. Vielleicht war sie ja ganz
normal. Außer ihr kannte ich bisher nur drei Frauen: Rita,
Lisa und meine Mutter. Das versetzte mich nicht unbedingt
in die Lage, ein treffendes Urteil zu fällen.

Es konnte durchaus auch seinen tieferen Sinn haben, mich
auf der Treppe zu deponieren. Möglicherweise wollte sie ihr
Gewicht immer im Auge haben, wenn sie die Treppe
hoch- und runterlief. Am Ende war ich vielleicht Teil eines
ausgeklügelten Trainingsprogramms, zu dem es gehörte,
täglich eine bestimmte Anzahl von Treppenstufen hinaufzu-
steigen und dabei das Gewicht einer Kontrolle zu
unterwerfen. Wie so oft blieb mir nur, abzuwarten, was die
Zukunft bringen würde. So schlecht war mein Standort gar
nicht. Von meiner Treppenstufe aus hatte ich den Flur gut im
Blick. Der Garderobenspiegel gewährte mir sogar die Sicht
auf die Haustür.

Im Laufe des restlichen Tages ging Fräulein Müller noch einige Male an mir vorbei. Im oberen Geschoss befand sich ihr Schlafzimmer, in dem sie sich umzog. Bereit für einen gemütlichen Sonntagnachmittag passierte sie meinen Standort in einem grauen Jogginganzug. Meine Gastgeberin machte sich eine Tasse Kaffee in der Küche, die sie gemeinsam mit einem Teller voller Kekse in die Wohnstube trug. Sie stellte einen Radiosender mit klassischer Musik ein. Den ganzen Nachmittag pendelte sie zwischen Wohnstube und Küche hin und her. Früh bereitete sie sich ein Abendessen, das sie wiederum auf einem Tablett in die Wohnstube trug. Etwas später holte sie aus ihrem Schlafzimmer ein Buch: *Die Leiden des jungen Werther.*

Das Mädchen auf der Treppe

Sie setzte sich auf die siebte Stufe und lehnte mit dem Rücken an der Wand. Mich schob sie ein Stück von der Wand weg, sodass sie ihren linken Ellbogen neben mir ablegen konnte. Von Zeit zu Zeit ließ sie ihre Hand kurz auf mir ruhen, strich mir zwischendurch über meinen Flokati. War es denn möglich? Sie begann, laut zu lesen. Darüber freute ich mich unbändig.

Dieses Mal führten mich meine literarischen Reisen nicht in eine Welt voller abenteuerlicher Gefängnisaufenthalte, sondern in eine Welt der Liebe und Sehnsüchte.

Nach *Die Leiden des jungen Werther*, *Vom Winde verweht*, *Anna Karenina* und vielen anderen Büchern sollte mich die Reise in den nächsten Wochen und Monaten bis zu *Romeo und Julia* führen. Auch brachte Fräulein Müller mir die schaurige unerfüllte Liebe des *Grafen Dracula* näher.

Und wieder erlangte ich einen Status, von dem ich sogar als Briefwaage nur hätte träumen können. Sie las mir fast jeden Tag vor, in der Woche abends nach dem Feierabend und am Wochenende zu den unterschiedlichsten Zeiten. Goethe und seine Charlotte waren mir in dieser Zeit so nah. Fräulein Müller konnte in vielen verschiedenen Tonlagen und Nuancen lesen. In ihrer Stimme klangen Trauer, Freude, Angst und Zorn. Wenn sie las, war sie befreit vom Korsett des Alltags. Das Mädchen auf der Treppe hatte nichts mit der jungen Frau zu tun, die das Haus morgens in unauffälliger Kleidung und mit zu Boden gesenktem Blick verließ.

Der Laden

Auch von ihrem Alltag außerhalb des Hauses erzählte sie mir nach und nach. Meistens geschah das beiläufig während ihrer Arbeiten im Haushalt. Besonders wenn sie in der Küche hantierte, erfuhr ich eine Menge über ihr Leben. Die Tür stand immer offen, sodass ich alles gut verstehen konnte. Manchmal setzte sie sich zu mir auf die Treppe, um zu erzählen. So konnte ich mir mit der Zeit ein Bild von ihr und ihrem Leben machen.

Ihre Eltern starben bei einem Verkehrsunfall, als sie vier Jahre alt war. Danach wuchs sie bei ihrem Großvater auf, in dem Haus, das jetzt auch mein Zuhause war. Dass er seine Enkelin bei sich aufnehmen durfte, war ungewöhnlich. Dafür hatte er gekämpft und sich gegenüber den wenigen anderen in Frage kommenden Angehörigen durchgesetzt. Sie erwähnte einige Male einen fetten Onkel und eine schreckliche Tante. Nach den Schilderungen, die ich vernahm, hatte sie es bei ihrem Großvater sehr gutgehabt.
Er betrieb einen kleinen Haushaltswarenladen, in dem sich seine Enkelin als Kind, so oft es ging, aufgehalten hatte. Sie half ihrem Großvater, wo und wann immer sie konnte. Vor allem leistete sie ihm Gesellschaft, denn Kontakt mit Gleichaltrigen hatte sie kaum. Nach ihrem Realschulabschluss wollte sie eigentlich sofort im großväterlichen Laden arbeiten. Das war ihr sehnlichster Wunsch gewesen. Er bestand jedoch darauf, dass sie zunächst eine Ausbildung zur Einzelhandelskauffrau absolvierte. Erst danach wollte er sie im Laden beschäftigen. Sie fügte sich schweren Herzens

und suchte sich einen Ausbildungsplatz in einem großen Kaufhaus. Aufgrund ihrer herausragenden Leistungen wurde ihre Ausbildungszeit um ein halbes Jahr verkürzt. Ihr Chef wollte sie übernehmen, doch für sie kam nur Großvaters Laden in Betracht. Alle Argumente für den Job im Kaufhaus hörte sie sich geduldig und mit einem Lächeln im Gesicht an, um nach jedem Überredungsversuch das Angebot dankend abzulehnen.

Ihr Großvater stellte sie ein, mit einem korrekten Arbeitsvertrag. Das Kaufmännische hatte sie in den vergangenen zweieinhalb Jahren bestens gelernt. So war sie ihm eine große Hilfe, vor allem bei den vielen neumodischen Veränderungen, mit denen ihm die Lieferanten und sogar die Behörden wie die Industrie- und Handelskammer den Geschäftsalltag immer beschwerlicher machten. Im Gegenzug vertiefte er ihre Liebe zum Detail und für die besondere Note seines alten Haushaltswaren-geschäftes. Nach kurzer Zeit war er es, der ihr assistierte, und sie schmiss den Laden. Ihnen war klar, dass Fräulein Müller den Laden einmal allein führen würde. Aber darüber machten sie sich keine Gedanken. Warum auch?

Leider passierte das Unvermeidliche schneller als erwartet. Sie war Mitte Zwanzig, als ihr Großvater schwer erkrankte und starb. In seinem Testament hatte er ihr das kleine Reihenhaus und den Laden vererbt. Sie änderte kaum etwas, lebte weiter in ihrer kleinen Welt, nur eben ohne ihren Großvater.

Fräulein Müller empfing nie Besuch. Nur Handwerker kamen ins Haus, wenn es gar nicht anders ging. Die Männer hielten sie immer für *die Enkelin*, die die Tür öffnete, weil der alte Herr und Hauseigentümer zum Termin verhindert war. Keiner kam dabei auf die Idee, dass sie allein in diesem Haus leben würde.

Das Geschäft führte sie in bewährter Weise weiter. Im Grunde genommen handelte es sich um einen alten Krämerladen, wie es ihn kaum noch gab. Haushaltswaren, Töpfe, Mausefallen, einige Drogerieartikel und vieles mehr bildeten ein Warensortiment, das für Außenstehende in ein nicht zu durchschauendes System eingeordnet war. Der Laden blieb so, wie ihn ihr Großvater fast fünfzig Jahre lang betrieben hatte. Das bescherte ihr einen besonders treuen Kundenstamm, der genau dieses Sortiment schätzte. Jedoch verstarben mit der Zeit viele dieser überwiegend älteren Herrschaften und der Kundenstamm wurde immer kleiner.

Dank eines uralten Mietvertrages und des großherzigen Eigentümers der Geschäftsräume, Herrn Reinecke, kamen der Großvater und später Fräulein Müller irgendwie über die Runden. Herr Reinecke kannte Fräulein Müller, seit sie zum ersten Mal mit ihren vier Jahren im Laden umhergelaufen war. Er war ungefähr der gleiche Jahrgang wie ihr Großvater. Für ihn war es selbstverständlich, dass er den Mietvertrag unangetastet ließ.

Ein paar Änderungen nahm Fräulein Müller in den ersten Monaten nach dem Tod des Großvaters allerdings vor, um den immer geringer werdenden Umsatz auszugleichen. Sie ergatterte eine Lizenz, mit der sie eine kleine Postagentur im Laden eröffnen durfte. Dazu nahm sie noch Zeitungen ins Programm und bot frischen Kaffee an. Herr Reinecke kaufte bei ihr täglich seine Zeitung, die er bei einem Becher Kaffee las.

„Mädchen, du weißt, dass dich meine Erben rauswerfen
werden, wenn ich mal nicht mehr da bin", erklärte er ihr
mehr als einmal.

„Noch lebt Herr Reinecke und noch führe ich Opas Laden",
sagte sie mir an einem Abend, nachdem sie berichtet hatte,
wie der Tag so gelaufen war. Es klang stolz und trotzig
zugleich.

Kontakt

Seit meinem Einzug waren bereits einige Monate vergangen. Das Leben bei Fräulein Müller unterschied sich so sehr von meiner Zeit im Hause Stöhricke und im Gefängnis. Es gab nur sie und mich, sonst nichts und niemanden. Den Postboten und den Schornsteinfeger zählte ich nicht, auch wenn Letzterer im Gegensatz zu Ersterem sogar einmal das Haus betrat.

Ich war ihr Zuhörer, dem sie vorlas, und ihr Vertrauter, dem sie von den wenigen Kunden berichtete. Zumindest bildete ich mir das ein. Sobald ich mich intensiver mit der Situation auseinandersetzte, musste ich mir eingestehen, dass ich bei einer liebenswürdigen, aber in jungen Jahren schon recht schrullig gewordenen Frau gelandet war. Die hatte es sich zur Gewohnheit gemacht, auf der Treppe sitzend einer Personenwaage aus Büchern vorzulesen. Wäre ich eine Kaffeekanne gewesen, hätte sie mir sicher auch vorgelesen. Diese Augenblicke voller Realitätssinn taten mir weh, sodass ich bestrebt war, alles möglichst schnell zu verdrängen. Weder wollte ich mir Gedanken darüber machen, noch wollte ich mich mit Kaffeekannen vergleichen.

Dann kam jener Tag, an dem ich nicht mehr an die Worte meines Vaters dachte. Ich sollte meine Wurzeln vergessen und Grenzen überschreiten. Fräulein Müller hatte es sich auf der Treppe gemütlich gemacht und las gemeinsam mit mir. Alles war so wie immer. Nach ein paar Seiten hielt sie inne und legte das Buch auf die Stufe.

Sie beugte sich über mich, schaute mich fast eine Minute lang an und stellte mir eine Frage: „Auf einer Skala von eins bis zehn, wie findest du mich?“

Diese völlig unerwartete Äußerung traf mich wie ein Blitzschlag. Nie hatte ich mir darüber Gedanken gemacht, wie es wäre, wenn ein Mensch Kontakt mit mir aufnehmen würde. Ich wusste nur, dass es sich nicht gehörte. Andererseits war ich in der Lage, ihr zu antworten. Mein Federspiel ging genau von eins bis zehn.

War das Zufall? Hatte meine Mutter gewusst, dass so etwas möglich sein könnte? So musste es sein. Sie hatte es geahnt und mich gewarnt: „Solltest du einmal in der Lage sein, ein paar Kilogramm dazu oder hinfort zu schwindeln, dann ist das schon das Äußerste, was du mit dieser Fähigkeit treiben darfst. Alles Weitere wäre eine Grenzüberschreitung. Und das hat immer Konsequenzen, mein Sohn!“

Wenn es also nach meiner Mutter gegangen wäre, hätte ich auf Fräulein Müllers Frage nicht reagiert. In diesem Augenblick aber stand mein Gefühl im Vordergrund und das ließ nur eines zu: eine Antwort. Mein Zeiger bewegte sich stetig entlang der Skala, bis er auf der Zehn stehen blieb.

Fräulein Müller verengte ihre Augen. Sie schien fieberhaft zu überlegen, ob das, was sie sah, real war. Dann stellte sie eine zweite Frage: „Kannst du mich verstehen?“

Erneut gab ich eine Zehn als Antwort.

„Ich wusste es!“, sagte sie leise und zugleich triumphierend.

Seit diesem Tag hegte ich keine Zweifel mehr. Fräulein Müller gehörte zu der Art von Menschen, die unsere

Fähigkeiten erahnten. Sie war eine von Hunderttausend. Ihr war dies sogar bewusst. Damit war sie eine unter einer Million Menschen.

Ihr Großvater hatte ihr Interesse geweckt. Sein Laden beherbergte von jeher auch einige Waagen, die sie schon als kleines Kind fasziniert hatten. Eine alte Waage hatte ihre Aufmerksamkeit schon früh auf sich gezogen – eine Waage mit einem blauen Belag aus Velour auf der Trittfläche. Die blaue Waage hatte damals jemand gekauft. Seither suchte sie eine ähnliche Waage. Die hatte sie schließlich auf dem Flohmarkt gefunden, eine Retro-Waage mit weinrotem Flokati auf dem Buckel, also mich.

Nach dem Verkauf der blauen Waage hatte ihr Großvater ihr zum Trost Geschichten über Waagen erzählt und ihr dabei ein Geheimnis verraten: „Waagen können sprechen, du wirst es irgendwann erfahren. Wenn eine Waage zu dir spricht, dann gehen deine Träume in Erfüllung!“ Ganz offenbar verstand er weitaus mehr als andere von uns.

Auf einer Skala von eins bis zehn, wie findest du mich?, war der Auftakt zu kleinen Gesprächen. Wir entwickelten ohne Probleme ein System der Verständigung. Meine Skala bot mir die Möglichkeit, meine Antworten zu nuancieren und Fräulein Müller verstand mich. Mit einer Eins äußerte ich ein klares Nein, mit einer Zehn ein klares Ja.

Vom Mittelwert fünf ausgehend, tasteten wir uns in alle Richtungen vor. Von einem *vielleicht* oder *keine Ahnung* bis hin zur Zustimmung oder Ablehnung konnte ich ihr in feinen Abstufungen antworten.

Sie fragte mich immer öfter nach meiner Meinung über ihr Aussehen, ihre Stimme, ihre Eigenschaften.

Für mich war Fräulein Müller eindeutig in allem eine glatte Zehn, schon aus reiner Dankbarkeit für mein Eintauchen in die Welt der Romane. Ich hatte den Eindruck, dass ihr meine aufmunternden Antworten guttaten.

Der Brief

Wie jeden Morgen war Fräulein Müller früh mit dem Rad zur Arbeit gefahren und ich hatte meinen Dienst als Wächter des Flurs angetreten. Meinen Augen entging nichts. *Wächter des Flurs*, das klang allerdings toller, als es tatsächlich war. Während meiner Schichten passierte eigentlich nichts, so würde es auch an diesem Tag sein.

Ich sinnierte ein wenig vor mich hin. Der Besuch des Postboten war das einzige Ereignis, das meiner Schicht manchmal etwas Abwechslung verschaffte. Ich erkannte ihn inzwischen schon an seinem Schritt, wenn er die drei Stufen zur Haustür hinaufstieg. Ein oder zwei Sekunden später quietschte dann immer die Klappe des Schlitzes in der hölzernen Haustür und die Post fiel in den Flur. Manchmal klatschte es laut, wenn es sich um eine gewichtige Sendung handelte. Manchmal segelte Papier durch den Flur, wenn es ein Werbeflyer war. Manchmal schoss ein Brief über die Fliesen bis nahe an die erste Stufe der Treppe. Durch den Spiegel im Flur konnte ich alles genau verfolgen.

Die Post brachte, soweit ich es beurteilen konnte, nur Schriftstücke von Versicherungen, Versandhäusern, Lieferanten oder Behörden. Bei Fräulein Müller löste diese Art von Korrespondenz verständlicherweise wenig Emotionen aus. Üblicherweise hob sie die Briefe mit einem Schulterzucken oder einem tiefen Seufzer auf und trug sie in die Küche. Diese Seufzer interpretierte ich als Ausdruck ihrer Sehnsucht nach einer anderen Art von Post. Ich konnte sie verstehen, denn ein Mensch, der die Bücher so liebte wie sie, würde auch Briefe lieben, und zwar schöne Briefe, keine

Behördenbriefe. In den vielen Wochen, in denen ich nun schon in diesem Haus lebte, hatte sie keine schönen Briefe erhalten.

Da der Postbote selten kam, war sein Besuch für mich trotz allem eine willkommene Abwechslung. Meine Schicht war objektiv betrachtet grottenlangweilig, aber ich nutzte die Zeit, unsere Lektüre vom Vorabend Revue passieren zu lassen und mich auf die Lesezeit am Abend vorzubereiten. Mich störte die eintönige Zeit, in der ich auf ihre Rückkehr wartete, deshalb überhaupt nicht.

Ich beendete meine Überlegungen, denn der Postbote kam, wenn er denn aufkreuzte, um die Mittagszeit. Um ihn nicht zu verpassen, unterdrückte ich jetzt jeden Anflug von Müdigkeit. Auf keinen Fall wollte ich versehentlich einschlafen.

Endlich war es wieder so weit. Seine Schritte nahten, er nahm die drei Stufen. Der Schlitz in der Tür öffnete sich, ein Umschlag fiel herab. Sofort erkannte ich, dass es kein Behördenbrief war. Es handelte sich nicht um den üblichen C5Umschlag mit Fenster, sondern um ein fensterloses C6Format. Nicht nur die Größe fiel auf, der Briefumschlag war auch noch farbig – ein kräftiges Himmelblau! Da der Umschlag auf dem Rücken landete, konnte ich erkennen, dass die Adresse mit der Hand geschrieben war. So sah also ein richtiger Brief aus. Ich konnte mein Schichtende kaum abwarten und war gespannt, wie sie darauf reagieren würde.

Als Fräulein Müller am Abend durch die Haustür trat, war sie erstaunlicherweise nicht so überrascht, wie ich es erwartet hatte. Sie nahm den Brief, schaute kurz auf den

Absender und legte ihn auf die Treppenstufe neben mich. Anscheinend wollte sie ihn mir später vorlesen. Erst nachdem sie aufgeräumt und sich ihr Abendessen zubereitet hatte, kehrte sie zu mir auf die Treppe zurück.

„Ich habe Post bekommen", sagte sie knapp. Dann öffnete sie den Brief und las:

4. Mai

Sehr geehrtes Fräulein Müller,

lange habe ich mir Gedanken darüber gemacht, ob ich Ihnen diese Zeilen schreiben darf. Genau genommen sind jetzt fünf Wochen vergangen, seit ich Sie zum ersten Mal sah. Mir kommt es vor, als wäre es erst vor einem Augenblick geschehen. Ich betrat ihr Geschäft, um mir eine Zeitung zu kaufen. Dann sah ich Sie, eine mir bislang gänzlich unbekannte junge Dame. Sie trugen ein schickes Kleid, ihre Haare waren so akkurat frisiert. Alles an Ihnen ist ganz anders als bei anderen jungen Frauen.
Erlauben Sie mir diese Bemerkung: Sie sind etwas ganz Besonderes. Bitte verzeihen Sie mir meine Plumpheit und gestatten Sie mir, einen Herzenswunsch zu äußern. Ich möchte Sie gern näher kennenlernen. Doch leide ich unter der Angst, ich könnte sie verstören. Mehr dieser Worte würden Sie womöglich überrumpeln, deshalb möchte ich diesen Brief schließen und verbleibe vorerst

Ihr ergebener Verehrer

Zugegeben, diese Zeilen klangen merkwürdig. Trotzdem freute ich mich, dass sie offenbar einen Bewunderer gefunden hatte. Mir war nicht entgangen, dass es keinen Mann in ihrem Leben gab, außer ihrem Großvater und dem netten Vermieter. So sehr sie sich in der Gefühlswelt der Romanfiguren auskannte, so wenig schien in ihrer eigenen Welt Platz für eine Liebe zu sein. Ich konnte und wollte das nicht kommentieren oder gar bewerten. Die Szenen zwischen Karl-Heinz und Rita sowie Sammy und Lisa zeigten schöne Seiten einer Beziehung, lieferten aber durchaus auch Argumente gegen eine traute Zweisamkeit. Und meine Erfahrungen mit Facile versetzten mich schon gar nicht in die Lage, zu diesem Thema einem Menschen irgendwelche Ratschläge zu erteilen.

Immer neue Briefe

Dieser erste bildete den Auftakt zu einer ganzen Reihe von Briefen, die meine Schicht abwechslungsreicher gestalteten. Mit diesen Hors d'oeuvres eröffneten wir unsere abendlichen Romanlesungen.

10. Mai

Sehr geehrtes Fräulein Müller,

nach fast einer Woche erlaube ich mir, Ihnen weitere Zeilen zu schreiben. Das geschieht in der Hoffnung, dass Sie mir die Ehre Ihrer Aufmerksamkeit erweisen. Sie werden beim Öffnen Ihres Ladens eine rote Rose auf dem Fenstersims des Schaufensters vorfinden, die Blüte zeigt zum Marktplatz. Wenn Sie mir die Ehre erweisen möchten, drehen sie die Rose bitte so, dass die Blüte genau in die andere Richtung zeigt. Das würde ich als Zeichen der Anerkennung und der Aufmunterung werten. Sollte die Blüte nach der Ladenöffnung in unveränderter Position liegen, werde ich das respektieren. Ich verspreche Ihnen, Sie in diesem Fall nicht weiter zu belästigen. Ich verbleibe

Ihr ergebenster Verehrer

Nach dieser Lektüre schlich sich ein Lächeln in ihr Gesicht. Ab diesem Zeitpunkt schaute sie nicht mehr so starr auf den Boden, wenn sie morgens das Haus verließ.

13. Mai

Sehr geehrtes Fräulein Müller,

kaum in Worte fassen kann ich das Glück, das ich empfand, als ich aus der Ferne das ersehnte Zeichen sah. Die Rose nahm ich nach Ladenschluss an mich. Ich werde ihr einen Ehrenplatz geben. In großer Dankbarkeit verbleibe ich

Ihr glühender Verehrer

Der nächste Brief kam nicht per Post. Sie fand ihn unter einer Packung Pralinen, die eines Morgens auf dem Fenstersims des Ladens lag. Das erzählte sie mir, bevor sie am Abend mit dem Lesen begann:

15. Mai

Sehr geehrtes Fräulein Müller,

ich hoffe, die Pralinen treffen Ihren Geschmack. Es handelt sich um handverlesene Kostbarkeiten, die Ihnen den Tag versüßen sollen. Ich wünsche Ihnen eine zauberhafte Zeit und verbleibe

Ihr verzuckerter Verehrer

Nach diesem Hors d'oeuvre las mir Fräulein Müller weiter aus einem Roman vor. Zum ersten Mal naschte sie dabei Pralinen, die ihr offensichtlich vorzüglich schmeckten.

17. Mai

Sehr geehrtes Fräulein Müller,

ich hoffe, Sie geben mir am 22. Mai die Ehre, mich ins Café Bäumler zu begleiten. Ich warte gegen 15:00 Uhr vor dem Café. Sie werden mich erkennen.

Ihr ungeduldiger Verehrer

Am nächsten Tag kam sie später als sonst nach Hause. Als sie in den Flur trat, hielt sie eine Einkaufstüte in der Hand. Sie lief an mir vorbei nach oben in ihr Schlafzimmer. Kurz danach präsentierte sie mir ihre neue Errungenschaft, indem sie langsam die Treppe hinunterging. Das knielange, kurzärmelige Kleid war rot mit weißen Punkten und hatte eine große Schleife an der Taille. Entzückend!
Am darauffolgenden Sonntag verließ sie in ihrem neuen Kleid am frühen Nachmittag das Haus. Am Abend kam sie mit einem großen Strauß roter Rosen wieder heim.

Wenn sie bei ihrer Rückkehr aus dem Laden einmal keinen Brief im Flur vorfand, lächelte sie in der Gewissheit, dass das Eintreffen des nächsten nur eine Frage von ein paar Tagen sein würde.

26. Mai

Sehr geehrtes Fräulein Müller,

wie schwer es mir doch fiel, nach diesem zauberhaften Nachmittag den Alltag zu bestehen. Aus tiefer Überzeugung kann ich Ihnen versichern, dass der Nachmittag im Café Bäumler für mich ein wunderbares Geschenk war. Ich möchte Ihnen danken für die anregende Unterhaltung und zugleich meine Anerkennung zollen für Ihre literarischen Kenntnisse. Haben Sie schon einmal darüber nachgedacht, anderen vorzulesen? Und Ihr Kleid! Ihr geschmackvolles Kleid war wie ein Bote des Frühlings. Haben Sie bemerkt, wie sehr Sie von den anderen Gästen bewundert wurden? Und kann es ein Zufall sein, dass Sie genau wie ich Schwarzwälder-Kirsch-Torte lieben? Ich freue mich auf weitere gemeinsame Gaumenfreuden im Café Bäumler.

Ihr Martin

Fräulein Müller kicherte beim Lesen. Das hatte sie noch nie getan. Nun kannte ich den Namen des Verehrers. Meine Neugierde war vorerst befriedigt. Vermutlich würde sie eines Tages mit diesem Martin im Flur erscheinen. So sehr ich es ihr gönnte, so sehr fürchtete ich mich vor einem Ende unserer gemeinsamen Lesestunden. Ich sollte mich nur einen Tag lang fürchten.

27. Mai

Sehr geehrtes Fräulein Müller,

nach einer schlaflosen Nacht plagen mich Zweifel, ob ich Ihrer wirklich würdig bin. Kann ich Ihren Ansprüchen gerecht werden? War mein forsches Vorgehen angemessen? Ich fühle, dass ich Sie zu sehr bedrängt und zu diesem Cafébesuch genötigt habe. Ich klage mich an, meine guten Vorsätze über Bord geworfen und meine Contenance verloren zu haben. Ich bitte Sie aufrichtig, mir Zeit zum Bedenken zu gewähren.

Ihr verunsicherter Martin

In den nächsten Wochen erhielten wir keine Briefe mehr. Fräulein Müllers Lächeln verschwand. Als vier Wochen später wieder ein Brief in den Flur fiel, wusste ich gleich, dass es ein Martin-Brief war. Ganz oder gar nicht, jetzt kam es darauf an. Hatte sich der Zauderer berappelt oder war er abgesprungen?

Voller Ungeduld wartete ich auf das Ende meiner Schicht und auf ihre Heimkehr. Endlich hörte ich den Schlüssel im Türschloss. Langsam trat sie herein. Den Brief schien sie zu ignorieren, als wenn sie den Inhalt schon kennen würde und sich davor fürchtete. Mehrmals lief sie achtlos an ihm vorbei, wenn sie zwischen Badezimmer, Küche und Wohnstube wechselte. Es dämmerte bereits. Sie machte das Licht im Flur an, hob endlich den Brief auf und kam zu mir.

26. Juni

Sehr geehrtes Fräulein Müller,

es gab nicht einen Tag, an dem ich nicht über die letzten Wochen und Monate nachgedacht habe. Es gab nicht eine Nacht, in der ich ruhig schlafen konnte. Denn ich habe etwas in Ihnen erweckt, was ich nicht erfüllen kann: die Hoffnung auf gemeinsame Augenblicke voller Gaumenfreuden, voller Gespräche, voller Lachen; die Hoffnung auf gemeinsame Spaziergänge, bei denen sich unsere kleinen Finger still und mit heimlicher Freude ab und zu berühren. Ich bin weder Mannes, noch Mutes genug, diese Erwartung zu erfüllen.
Nun komme ich mir vor wie ein schändlicher Verräter, war ich es doch, der den ersten Schritt tat. Diese meine Rücksichtslosigkeit bereue ich zutiefst, diese Schuld ist mir lebenslang sicher und meine verdiente Strafe. Es wird kein Wiedersehen für uns geben.

Verzeihen Sie mir bitte!
Martin

Sie steckte den Brief zurück in den Umschlag. Ich weiß nicht, wer von uns beiden verstörter war. Dieser letzte Brief von Martin klang noch merkwürdiger als sein erster. Ich war froh, dass sie mich nicht um eine Bewertung dieses Verehrers bat. Ich hätte nämlich nicht *minus Zehn* anzeigen können. Mir war wirklich nicht klar, warum der Kerl ihr überhaupt den Hof gemacht hatte.

Durch den Umstand, dass dieser Martin offensichtlich nicht mehr hier auftauchen würde, hatte ich leider nichts gewonnen. Ohne diesen Typen war es um meine Lesestunden geschehen. Fräulein Müller stellte sie von einem auf den anderen Tag ein. Sie wurde stiller und wirkte bald noch schüchterner, als ich sie zu Beginn unserer Beziehung kennengelernt hatte.

Der Schatten

Fräulein Müller war nicht mehr präsent, sie verwandelte sich in einen Schatten. Dieser schlich morgens an mir vorbei die Treppe hinunter und abends fast unbemerkt zurück nach oben. Der Schatten hatte keine Stimme. Das Radio blieb auch aus. Es herrschte eine gespenstische Stille.

Wenn der Schatten im Haus war, kamen die wenigen Geräusche von der Waschmaschine, dem Toaster, der das Brot aus seinem Hitzegriff entließ, und anderen Haushaltsgeräten. Manchmal hörte ich auch das Wasser im Badezimmer rauschen. War der Schatten außer Haus, unterbrach nur noch das seltene Quietschen der Klappe am Türschlitz meine Einsamkeit. Die Post bestand wieder wie früher aus gelegentlichen Behördenbriefen.

Das rote Kleid mit den weißen Punkten sah ich nie wieder an ihr. Überhaupt schienen die Farben ganz aus ihrem Alltag zu verschwinden. Ich verstand es nicht. Sie war ein junges Mädchen und eine alte Jungfer zugleich. Aber ich hatte doch den Eindruck gewonnen, dass sie das kleine Haushaltswarengeschäft mit Fleiß und Liebe betrieb. Freunde hatte sie nicht und einen Partner schon gar nicht, aber immerhin gab es Herrn Reinecke, der im Sinne ihres Großvaters aus der Distanz auf sie aufpasste. Und außerdem hatte sie mich. Mir konnte sie vorlesen. Ich zeigte ihr, dass sie ein ganz besonderer Mensch war.

Warum um alles in der Welt hatte ihr dieser verklemmte Martin Avancen machen? Woher zum Teufel war der plötzlich aufgetaucht? Er hatte Hoffnung gesät und nun erntete sie Enttäuschung.

Ich hatte schon so viel erlebt, aber auf das Leben mit einer Schattenfrau war ich nicht vorbereitet. Jedes Mal, wenn sie an mir vorbeiging, gab ich ihr ein Signal mit meinem Zeiger. Mal zeigte ich die Vier, mal die Sieben oder die Neun. Sie registrierte nichts von alledem, schlich immer nur an mir vorbei. „Nimm doch endlich Kontakt mit mir auf", flehte ich.

Inzwischen waren über zwei Monate vergangen. Die Schattenfrau wurde immer dünner. Eines Abends erhörte sie mich endlich, blieb vor mir stehen und betrachtete meinen Zeiger, der wild auf und ab tänzelte.

„Hallo, Waage! Du möchtest sicher wieder mit mir lesen", sagte sie mit matter Stimme.

„Zehn!", antwortete ich.

„Es tut mir leid, wir werden nicht mehr lesen. Aber ich kann mich auf dir wiegen, wenn du magst."

Zum ersten und letzten Mal betrat Fräulein Müller meinen Flokati. Das Ergebnis entsetzte mich so sehr, dass ich gar nicht erst daran dachte, die gemessenen achtunddreißig Kilo mit meinem Trick zu erhöhen. Ich vermutete, dass sie früher um die fünfundfünfzig Kilo gewogen hatte. Sie verließ meinen Flokati und verkroch sich ins Bett. Es wurde dunkel im Haus.

Lieber Opa

Am nächsten Morgen schlich die Schattenfrau die Treppe hinunter. Frühstück nahm sie schon lange nicht mehr zu sich. Üblicherweise ging sie in der Früh ins Badezimmer zur Morgentoilette, zog sich an, trank ein Glas Wasser in der Küche, um danach mit dem Rad zum Laden zu fahren.

An diesem Morgen blieb sie in der Küche. Aus den Geräuschen schloss ich, dass sie sich an den kleinen Tisch gesetzt hatte. Dort blieb sie den ganzen Tag, verließ die Küche nur einmal, um zur Toilette zu gehen.

Was machte sie nur? Vielleicht hatte sie wieder angefangen, zu lesen, erst einmal für sich ganz allein? Ich hätte sie so gern aus dem Schatten hervorgeholt.

Am späten Nachmittag erschien sie wieder im Flur, in der linken Hand hatte sie einen Brief, nur zwei Blatt Papier ohne Umschlag. In der anderen Hand hielt sie einen kleinen Gegenstand, den ich nicht identifizieren konnte. Sie setzte sich auf die Stufe unter mir und legte dieses Ding neben sich.

„Ich habe lange nicht mehr gelesen. Heute möchte ich es noch einmal tun. Verstehst du mich?“, flüsterte sie mir zu.

Ohne auf meine Antwort zu warten, nahm sie die Blätter und begann zu lesen.

Lieber Opa,

Du bist der einzige Mensch, der immer für mich da war. An meine Eltern kann ich mich nicht erinnern. An Onkel Hermann und Tante Selma will ich mich nicht erinnern. Ihr

Besuch in Deinem Laden war schrecklich. Der fette Onkel griff mit seinen speckigen Fingern nach meiner Hand und die laute Tante wollte mich mit Süßigkeiten vollstopfen. Sie verlangten, dass ich zu ihnen kommen sollte. Du hast mich beschützt. Danach durfte ich für immer bei Dir bleiben. In der Schule hatte ich keine Freunde, sie lachten immer nur über meine bleiche Haut und ärgerten mich. Trulla vom Topfgeschäft riefen sie mir nach. Später war ich nur noch die Topftrulla. Das habe ich Dir nie gesagt.

Als ich endlich mit der Schule fertig war, durfte ich nicht gleich bei dir arbeiten. Damals war ich sauer auf Dich, es war das einzige Mal. Ich musste unbedingt erst die Ausbildung abschließen. Für Dich habe ich das dann getan, auch wenn Du mir immer gesagt hast, ich würde es nur für mich machen.

Die zwei Jahre vor der Schule und die Zeit nach der Ausbildung waren die schönste Zeit in meinem Leben, weil ich immer in Deinem Laden sein durfte.

Du warst mir auch nicht böse, als ich mir den Arm am Handgelenk aufgeschnitten habe. Ich wollte einfach keine Topftrulla mehr sein. Du hast meinen Arm verbunden, in der Schule angerufen und gesagt, dass ich krank sei. Ich war ja auch wirklich krank, Du hast nicht gelogen. Du warst immer da, wenn ich Dich brauchte.

Der Tag, an dem Du gestorben bist, war der schlimmste Tag in meinem Leben. Du hast versprochen, in meinen Vorstellungen und Träumen immer bei mir zu sein. Zuerst war das auch so. Aber Opa, ich sehe Dich immer seltener. Manchmal weiß ich nicht mehr, wie Dein Gesicht aussieht. Wenn das passiert, kann ich es kaum erwarten, den Laden *abzuschließen, um schnell nach Hause zu fahren und Dein Foto anzuschauen.*

Ich habe Deinen Laden weitergeführt, so wie ich es versprochen habe, und ich habe etwas Neues begonnen. Ich lese. Schon lange lese ich Romane mit schönen und traurigen Liebesgeschichten. Manchmal habe ich auch schon im Laden gelesen. Ganz ehrlich, ich habe Deinen Laden nicht vernachlässigt. Nur gibt es immer mehr Tage, an denen nicht so viele Kunden kommen. Dann habe ich Zeit zum Lesen.

Kannst Du Dich noch an die alte blaue Waage erinnern? Als ich so geweint habe, weil sie verkauft wurde, hast Du mir etwas gesagt. Wenn eine Waage zu mir spräche, dann würden meine Träume in Erfüllung gehen. Ich suchte so lange nach einer Waage, bis ich vor einem halben Jahr endlich eine auf dem Flohmarkt fand. Weißt Du noch, ich habe sie Dir doch gezeigt, als ich sie ins Haus brachte. Sie steht jetzt genau neben mir auf der Treppe. Sie ist nicht blau, sie hat einen wunderbaren, kuscheligen weinroten Belag auf ihrer Trittfläche. Opa, sie spricht zu mir! Du hattest recht, Waagen können sprechen. Meine kann auch zuhören, deshalb habe ich ihr immer vorgelesen.

Bei einer Sache hast du nicht Recht behalten. Du sagtest, ich würde irgendwann einen Verehrer bekommen, der gut zu mir ist. Dabei hast Du einen Kochtopf hochgenommen und mir erklärt, dass es zu jedem Topf einen passenden Deckel gibt. Das stimmt aber nicht. Eine Topftrulla findet keinen Deckel. Ich weiß jetzt, dass das so ist. Ich hatte nämlich einen Verehrer, der mich mit Blumen, Pralinen und

Schwarzwälder-Kirsch-Torte verwöhnte. Aber auch er wollte mich am Ende nicht haben.

Jetzt weiß ich, dass ich immer allein bleiben werde. Das will ich aber nicht, Opa. Ich will, dass mein Traum in Erfüllung geht. Du kennst meinen Traum. Ich will Dich endlich wiedersehen und nicht mehr verängstigt zu Deinem Foto laufen müssen. Weil ich jetzt weiß, dass es keinen Verehrer für mich gibt, komme ich zu Dir.

Ich sehe Dich gleich wieder. Du brauchst keine Angst um Deinen Laden zu haben. Es ist alles geregelt. Herr Reinecke wird tun, was nötig ist. Da staunst Du, was? Der liebe Herr Reinecke lebt immer noch. Wenn ich Dich nachher treffe, erzähle ich Dir von ihm.

Deine kleine Katja

Oh, wie naiv war ich als junge Waage mit meiner verträumten Vorstellung vom Leben einer Briefwaage und der Welt der Literatur doch gewesen! *Aber ich würde auch Worte von einer Zentnerlast erspüren, geschrieben in Abschiedsbriefen voller Schmerz,* hatte ich mir immer wieder eingeredet, und das schien mir damals so verheißungsvoll.

Fräulein Müllers Worte waren keine Zentnerlast, sie wogen mehrere Tonnen.

Nulllinie

Katja Müller faltete die Blätter ordentlich zusammen und legte sie zur Seite. Ich bekam große Angst vor dem, was passieren würde, und wünschte mich zurück ins Dunkel des Kartons, ins Regal unter Ingos Knute. Mit Freude würde ich den Rest meines Lebens in der Asservatenkammer neben Pablo verbringen, wenn sie nur diese Blätter jetzt zerknüllen und am nächsten Tag den Laden wieder öffnen würde. So viel hatte ich schon erlebt, doch nichts davon hatte mich auf den drohenden Moment mit dem lebensmüden Fräulein Müller vorbereitet.

Dann ging alles ganz schnell. Sie nahm das kleine Küchenmesser und vollführte einen tiefen Schnitt an der Innenseite des rechten Handgelenks. Danach schnitt sie sich in das andere Handgelenk. Ich hörte das Messer fallen. Sie lehnte mit dem Rücken an der Wand, so wie beim Vorlesen. Ihr linker Handballen ruhte unmittelbar neben mir. Mit den Fingern berührte sie mich. Nach einigen Minuten nahm sie mich von der Stufe herunter auf den Schoß, hielt mich mit beiden Händen fest und beugte sich vornüber.

Sie sagte kein Wort mehr. Ihr Atem wurde immer flacher, ihre Atemzüge waren kaum noch zu hören. Schließlich war ihr Blutdruck so tief abgesunken, dass sie ohnmächtig wurde.

„Wach auf!", flehte ich verzweifelt. Dabei ließ ich den Zeiger auf und ab schnellen.

Doch es war zu spät. Sie atmete nicht mehr. Das leichte Heben und Senken, das ich auf ihrem Schoß noch gespürt hatte, war abgeebbt. Kälte umgab mich. Für mich begann die längste und schlimmste Nacht meines Lebens.

Herr Reinecke

Am nächsten Morgen erschien Herr Reinecke. Schon Fräulein Müllers Großvater hatte ihm einen Schlüssel für das Reihenhaus überlassen. Ich konnte mir vorstellen, dass er sich große Sorgen um Fräulein Müller machte, da sie am Vortag den Laden nicht geöffnet hatte und auch an diesem Tag nicht erschienen war. Üblicherweise sagte sie ihm Bescheid, wenn sie krank war.

Er fand uns beide auf der Treppe: eine blutverschmierte Waage und die tote Enkelin seines geschätzten Freundes aus vergangenen Zeiten. Ich hörte das Rascheln von Papier, als er den Brief fand und ihn las. Er schrie nicht, er stöhnte nicht, er rief die Polizei. Dann holte er sich den Stuhl aus der Küche, stellte ihn an den Fuß der Treppe und wartete.

Bald füllte sich der Flur. Auf die Polizeibeamten in Uniform folgten die Kollegen der Spurensicherung in Schutzanzügen und eine Gerichtsmedizinerin. Während die *Besucher* ihre Aufgaben erledigten, saß Herr Reinecke auf dem Stuhl am Fuße der Treppe.

Schnell war geklärt, dass es sich um eine Selbsttötung handelte. Der Brief sagte alles. Die Gerichtsmedizinerin untersuchte den Leichnam trotzdem. Nachdem die Polizei den Tatort freigegeben hatte, erschienen zwei Mitarbeiter eines Bestattungsinstitutes, um die Leiche in einem Sarg abzutransportieren. Sie lösten mich aus Fräulein Müllers Umklammerung und stellten mich ein paar Stufen höher. Herr Reinecke passte auf, dass Fräulein Müller ganz behutsam in den Sarg gelegt wurde.

Er bestand darauf, sie mit einem feuchten Waschlappen zu säubern, ihre Haare zu kämmen und ihre Hände auf dem Bauch zusammenzufalten. Dann holte er das Bild ihres Großvaters aus der Wohnstube und schob es unter ihre Hände. Den beiden Mitarbeitern gab er eindringlich zu verstehen, dass das Bild unter keinen Umständen entfernt werden durfte. Danach wurde der Sarg verschlossen und aus dem Haus getragen.

Nachdem alle anderen gegangen waren, setzte sich der alte Herr wieder auf den Stuhl am Fuße der Treppe. Erst schluchzte er verhalten, dann weinte er hemmungslos. Manchmal beruhigte er sich wieder, um nach ein paar Minuten erneut zu weinen. Irgendwann schlief er im Sitzen ein, ich tat es ihm gleich.

Ich weiß nicht mehr, wie lange wir geschlafen hatten. Das Klingeln des von der Polizei beauftragten Tatortreinigers weckte uns. Herr Reinecke wimmelte ihn mit einem Fünfzig-Euro-Schein an der Haustür ab. Ich verstand, dass er sich um alles selbst kümmern wollte, aber nicht an diesem Tag.

Sein Blick fiel auf mich. „Morgen werde ich auch die Treppe und diese Waage reinigen", flüsterte er.

An jenem Abend ließ er mich allein im Haus zurück, verstört und blutverschmiert wie ich war.

Am nächsten Morgen weckte mich ein feuchter Lappen. Herr Reinecke hatte bereits die Treppe penibel gereinigt. Nun kam ich an die Reihe. Er trug mich in die Duschkabine. Während er meinen Flokati säuberte, sah ich in das faltige Gesicht eines alten Mannes, das voller Kummer war.

Nach Beendigung der Prozedur stellte er mich zurück auf die Treppe.

Noch den ganzen Tag lang räumte er im Haus hin und her, wusch Kleidung, um diese für die Altkleidersammlung zu packen und aus dem Haus zu tragen. Er ordnete Fräulein Müllers Post, es musste sich schließlich jemand um das Geschäft kümmern.

So ging das vier Tage in Folge. Am fünften Tag fand er die Briefe. Fräulein Müller hatte sie feinsäuberlich zu einem kleinen Päckchen gebunden. Mit dem Stapel in der Hand nahm er auf seinem Stuhl am Fuß der Treppe Platz, durchschnitt das Band und schaute sich die Umschläge an.

„Ihre Handschrift!", stellte er fest. „Sie hat sich wieder selbst Briefe geschrieben. Und ich nahm tatsächlich an, das wäre vorbei. Ihr Großvater hatte das auch geglaubt."

Seine Worte versetzten mir einen Stich. Es waren also ihre Briefe, ihre Zeilen, ihre Worte, ihre Buchstaben. Sie hatte sich eine Traumwelt mit einem tragischen Ende erschaffen. Zunächst hatte sie ihren lang ersehnten Verehrer ins Leben gerufen, sich dann in ihrer Fantasiewelt selbst bitter enttäuscht – um dann ihrem Großvater endlich folgen zu können. Von alldem hatte ich nichts bemerkt.

Auf einer Skala von eins bis zehn, wie findest du mich?, spukte mir unentwegt durch den Kopf. War es nur ein tragischer Zufall? Vielleicht hatte sie diese schreckliche Tat fest geplant und ich teilte nur zufällig die letzten Monate ihres Lebens mir ihr. Traf mich irgendeine Schuld?

Nun musste ich die Konsequenzen tragen, vor denen mich meine Mutter gewarnt hatte. Ich wollte mich nicht damit zufriedengeben, Menschen nur zu wiegen; ich musste ja unbedingt etwas Besonderes sein. Jetzt zahlte ich die Rechnung für meine Vermessenheit mit großem Schmerz.

Dafür sorgte Herr Reinecke, ganz unfreiwillig. Auf seinem Stuhl sitzend las er jeden Brief laut und langsam vor. Dabei pausierte er mehrmals, weil er weinen musste oder das Gelesene kommentierte. „Mädchen, warum denn nur?"

Ich verfluchte mich für meinen Wunsch, mehr als nur eine Personenwaage zu sein.

Das Testament

Mit Akribie hatte Herr Reinecke nach Fräulein Müllers Tod alles Erforderliche veranlasst. Weiterhin stand ich allein auf der Treppe. Er erschien in zwei Wochen nur einmal, um den Bubikopf in der Küche zu gießen. Der Postbote warf in dieser Zeit ein paar Mal Briefe ein. Sonst passierte nichts. Für mich begann eine Zeit der Ungewissheit. Ich grübelte über mein Schicksal nach. Was würde mit mir geschehen? Wie würde es mit mir weitergehen? Mit der Zeit verdrängte die Angst die Trauer.

Weitere zwei Wochen vergingen, bis Herr Reinecke mit einem Makler das Haus betrat. Ihre Unterhaltung brachte mich endlich auf den aktuellen Stand. Fräulein Müller hatte ihren Tod und die Abläufe danach genauestens geplant, sie hatte sogar ein Testament verfasst. Darin übertrug sie Herrn Reinecke die Aufgabe, das Reihenhaus zu verkaufen. Er sollte einen geeigneten Nachfolger für den Laden finden und mit dem Erlös aus dem Hausverkauf dafür sorgen, dass der Nachfolger den Laden noch mindestens zehn Jahre lang in unveränderter Form weiter betreiben konnte. Der Mietvertrag mit dem neuen Ladenbesitzer sollte das Recht für Herrn Reinecke verbriefen, jeden Tag gratis die Tageszeitung und eine Tasse Kaffee zu bekommen. Herr Reinecke nahm dieses außergewöhnliche Erbe an, ohne zu zögern.
Mit dem Makler schritt er nun durch das Haus und klärte, was von der Einrichtung erhalten bleiben sollte. Alles andere würde in dem vor dem Haus bereitgestellten Container landen. Mein letztes Stündlein schien sich anzukündigen.

Wer würde sich für mich interessieren? Wer würde eine alte Waage auf der Treppe als besonderes Ausstattungsmerkmal eines alten Reihenhauses betrachten? Mir fiel nur eine Person ein: Dieter. Doch Dieter war nicht hier, er konnte mich nicht retten. Zwar hatte ich schon viele merkwürdige Zufälle erlebt, trotzdem gab ich mich nicht der Illusion hin, dass Dieter ausgerechnet jetzt ein kleines Reihenhaus aus den Fünfzigerjahren kaufen würde.

Der Makler und Herr Reinecke gingen mehrfach an mir vorbei, ohne mir Beachtung zu schenken. Wahrscheinlich würde ich in den nächsten Stunden im Container enden und von dort meine letzte Reise auf die nächstgelegene Restmülldeponie antreten.

Zwischen den beiden Männern schien das Wesentliche besprochen zu sein. Der Makler erhielt den Schlüssel, Herr Reinecke verabschiedete sich und verließ das Haus. Nach einem lauten Pfiff des Maklers rückten drei Männer in Overalls an, die das Haus in kurzer Zeit weitgehend ausräumten. Die Teile, die sie aus dem Haus trugen, schmissen sie in den Container. Das konnte ich dem Scheppern und Krachen entnehmen. Für mich hörte sich das so an, als würden die Einschläge immer näher rücken. Doch noch immer nahm niemand Notiz von mir. Dann rückten die Overall-Träger ab. Der Makler unternahm noch einen letzten Kontrollgang. Bevor er die Haustür abschloss, schaute er noch einmal herein und sein Blick fiel auf mich.

„Jetzt hab ich die olle Waage vergessen", stellte er kopfschüttelnd fest.

Er holte mich von der Treppe, wir verließen das Haus, er hielt auf den Container zu – und ging vorbei. Entgegen meinen Befürchtungen landete ich also nicht im Container. Stattdessen nahm mich der Makler mit in sein Auto und fuhr los. Gute zehn Minuten später hielten wir vor einem schönen, großen Haus. In dem Augenblick, in dem wir beide ausstiegen, kam uns Herr Reinecke aus der Haustür entgegen.

„Die wollten Sie doch unbedingt haben, die wäre fast im Schrott gelandet", erklärte der Makler ihm und übergab mich.

„Vielen Dank, ich habe es gerade gemerkt und wollte mich auf den Weg machen."

„Sagen Sie, was wollen Sie eigentlich mit der Waage? Die haben Sie doch nicht etwa geerbt, oder vielleicht doch?"

„Ich habe sie nicht geerbt, sondern eine Verpflichtung übernommen."

„Eine Verpflichtung?"

„Der Waage einen würdigen Platz zu verschaffen", erklärte Herr Reinecke dem ungläubig dreinblickenden Makler.

„Ach so", erwiderte der verständnislos.

Ich sah ihm an, dass er nichts Gutes über Fräulein Müller und Herrn Reinecke dachte. Mit einem Kopfnicken verabschiedete er sich und fuhr davon.

Ungewissheit

Fräulein Müller hatte mich also in ihrem Testament bedacht. Das war wohl ihr Dank für mein treues Zuhören. Aber es entsprach auch ihrem Naturell, alles genauestens und ordentlich zu regeln. Ich war glücklich darüber, gleichzeitig schämte ich mich und fand, dass ich eher ein Ende auf dem Schrott verdient hätte.

Im Laufe der Zeit sollte sich allerdings bei mir die Gewissheit durchsetzen, dass wir beide eine schöne Zeit miteinander verbracht hatten und dass sie in den gemeinsamen Lesestunden auf der Treppe glücklich gewesen war. Ich kam zu dem Ergebnis, dass mein Zeigerwink nicht ursächlich für dieses Unglück gewesen war. Sie wäre ihrem Großvater in jedem Fall gefolgt, früher oder später, ob mit oder ohne Waage im Haushalt. Vielleicht hatte es das Schicksal vorgesehen, dass sie ihrem Leben vorzeitig ein Ende bereitete. Ein abschließendes Urteil konnte ich unmöglich fällen. Ich machte meinen Frieden und behielt Fräulein Müller in guter Erinnerung. Nie vergaß ich den Moment, als wir uns auf dem Flohmarkt zum ersten Mal begegneten.

In Herrn Reineckes Haus stand ich in der Küche auf einem Regal. Dort war es sehr eng. Um mich unterbringen zu können, musste er Nudelholz, Kartoffelstampfer und Fleischklopfer vom Haken nehmen und sie auf mir ablegen. Sollte das der würdige Platz sein, den Fräulein Müller für mich vorgesehen hatte? Sollte ich meinen Dienst als Küchenwaage antreten?

Der alte Herr war zwar sehr sympathisch und ich konnte mir ein Leben in seinem Haushalt gut vorstellen, aber nicht als Küchenwaage. Das kam nicht in Frage.

Außerdem stand auf der Arbeitsplatte bereits eine mit Mehlstaub bedeckte Küchenwaage, die mich seit meinem Erscheinen eifersüchtig fixierte. Vermutlich fürchtete sie um ihren Job. Ich konnte mir auf jeden Fall nicht vorstellen, dass Fräulein Müller so etwas für mich vorgesehen hatte. Ebenso wenig nahm ich an, dass Herr Reinecke mir jeden Abend Kochrezepte vorlesen wollte und mich deshalb in der Küche untergebracht hatte. Das wäre im Vergleich zu meinen bisherigen literarischen Stationen auch ein ziemlicher Absturz gewesen.

Meine Sorgen erwiesen sich als unbegründet, denn der Hausherr gab sich augenscheinlich große Mühe, einen angemessenen und würdigen Platz für mich zu finden. Ich wurde von ihm nur vorübergehend in der Küche geparkt. Das wurde mir klar, weil er mehrere Tage lang ein Telefonat nach dem anderen führte.

Es kristallisierte sich heraus, dass er einen Platz in einem Museum für mich suchte! Als mir das bewusst wurde, war ich zunächst verärgert, denn ich hielt mich keineswegs für museumsreif. Nach einer Weile aber schien mir diese Option doch recht reizvoll.

Vielleicht würde mir etwas Ruhe nach diesen vielen Abenteuern ganz guttun. *Museumsreif* war auch nicht der richtige Begriff – *museumswürdig* schien mir viel passender. Ich hielt mich durchaus für würdig, einen angemessenen Platz in einem Museum zu erhalten. Immerhin war ich retro, hatte wahrscheinlich einen der letzten in Deutschland vorkommenden Flokati-Bäuche. Mit meinen Erlebnissen konnte sowieso keine Waage der Welt mithalten – von Wiegenoth einmal abgesehen.

Herr Reinecke versuchte, seine Gesprächspartner mit hartnäckiger Argumentation von meiner *Ausstellungswürdigkeit* zu überzeugen. Ich konnte nur schwer folgen, hatte nur vage Vorstellungen davon, wie viele Museen für Waagen es überhaupt gab. Ich machte mir viele Gedanken und kam ins Grübeln. War ein Waagemuseum ein Besuchermagnet? War es ein Ort, den Eltern mit ihren Kindern gerne besuchten? Was, wenn Waagemuseen nur skurrile Orte für Menschen mit außergewöhnlichen Hobbies waren? Stand ein Waagemuseum nicht auf der gleichen Stufe wie ein Kloschüssel- oder Nachttopfmuseum?

Immer wenn Herr Reinecke in der Küche telefonierte, kriegte ich alles mit. Sobald er aber mit dem Telefon durch die Wohnung wanderte, hörte ich nur Gesprächsfetzen, was mich zunehmend nervös machte.

In jenen Tagen wurde ich wieder von intensiven Träumen heimgesucht. Seit meinem Einzug bei Fräulein Müller hatte ich kaum noch geträumt. Leider waren es auch dieses Mal keine schönen Träume. Ich blieb meinem Hang zu Albträumen treu.

Schon die dritte aufeinanderfolgende Nacht befand ich mich als einzige Waage in einem Regal im Nachttopfmuseum von Himmichheim und starrte regungslos auf eine goldene, nach Urinstein riechende, kratzige Klobürste, die wieder und wieder meinen Flokati bürstete.

Bevor ich noch eine weitere Nacht von der Klobürste gequält werden konnte, nahte die Erlösung in Form eines Anrufes. Herr Reinecke trank gerade eine Tasse Tee, als es klingelte. Da er das Telefon nach dem letzten Anruf im Obergeschoss vergessen hatte, musste er sich erst auf die Suche nach dem Gerät machen.

In dieser Zeit aktivierte sich der Anrufbeantworter, sodass ich die frohe Botschaft mithören konnte: „Guten Tag, Herr Reinecke, hier spricht Herr Hagen, *Deutsches Museum München*. Ich freue mich, Ihnen mitteilen zu können, dass wir die von Ihnen angebotene Waage in unsere Dauerausstellung *Maß und Gewicht* aufnehmen können."

Welch wunderbare Nachricht – *Deutsches Museum München*! Dauerausstellung! Herr Reinecke hatte wirklich das Allerbeste aus Fräulein Müllers Wunsch gemacht. Das empfand er genauso wie ich. Mit einem Strahlen im Gesicht kam er mit dem Telefon am Ohr zurück in die Küche und besprach alles Weitere mit dem Überbringer der frohen Botschaft.

Am nächsten Tag traten wir gemeinsam meine letzte Reise an.

Deutsches Museum München

Die Ankunft auf der Museumsinsel war überwältigend. Nie und nimmer hätte ich mit einer derart prachtvollen Anlage gerechnet.

Herr Reinecke hatte wahrhaftig ein beeindruckendes Domizil für mich gefunden. Ich hoffte, dass ich mich als würdig erweisen würde, dieses neue und wohl auch letzte Heim zu beziehen.

Mit Sicherheit erwartete mich kein Schicksal wie das des Grafen von Monte Christo, ich würde nicht einsam und verlassen vor mich hinvegetieren. Jeden Tag würde ich vielen Menschen begegnen, zuhören, wie sie sich unterhielten und sich ihre Meinungen über die Ausstellungsstücke zuraunten. Und eines davon würde ich sein.

Ich kam aus dem Staunen nicht mehr heraus, als ich auf den letzten Metern zu meinem Platz Waagen sah, von deren Existenz ich bis dahin nicht die geringste Ahnung gehabt hatte. Die Neigungswaage nach Philipp Matthäus Hahn aus der Zeit um achtzehnhundert oder die Präzisionsdoppelwaage von Paul Stückrath aus dem Jahr achtzehnhundertneunzig! Wie töricht kam ich mir vor, weil ich die Briefwaagen zum Maß aller Dinge gemacht hatte. Hier wurde mir klar, dass jede Waage besonders war und ihre Berechtigung hatte.

Ein Museumsmitarbeiter trug mich zu einem Sockel. Davor war ein Schild angebracht, auf dem stand:

Analoge Personenwaage für den Haushaltsgebrauch. Modern Art. Flokati. Eine eingelassene Stahlfeder verformt sich bei Belastung der Trittfläche und bewegt eine mechanische Vorrichtung mit einem Zeiger, dessen Bewegung auf der Skala das Gewicht der Person anzeigt.

Während der Mann mich auf den Sockel stellte, lächelte ich in mich hinein. Etwas hatten sie vergessen: *Manchen Waagen wird nachgesagt, dass sie in der Lage sind, die Stahlfeder auch ohne Druck auf die Trittfläche zu bewegen.*

Das Fehlen dieser Information nahm ich niemandem übel. Mein neues Zuhause war so schön. Ich war dankbar und ich wusste außerdem auch, was sich gehörte.

Von meinem Sockel aus hatte ich einen guten Blick auf die gesamte Ausstellung. Nachdem ich die ungewöhnlichsten Exponate sorgfältig studiert hatte, spähte ich intensiv in jeden von meiner Position aus einsehbaren Winkel des großen Raumes. Das wiederholte ich mehrfach, bis ich mir ganz sicher war, dass es keine Wasserwaage geschafft hatte, in diese Ausstellung aufgenommen zu werden. Ruhige Nächte ohne bohrende Blicke waren somit garantiert.

Ich fühlte mich im Museum sehr wohl. Fräulein Müllers letzter Wunsch war erfüllt worden. Voller Dankbarkeit dachte ich oft an die Zeit mit ihr. Doch mich überkam auch immer wieder die Trauer, weil sie in ihrer Einsamkeit und Verzweiflung ihrem Leben ein Ende gesetzt hatte.

Eines Tages fiel mir etwas auf. Durch das Sammeln der vielen neuen Eindrücke und das fieberhafte Sondieren des Raumes hatte ich meine unmittelbaren Ausstellungsnachbarn bisher vernachlässigt. Nun betrachtete ich sie mir genauer.

Zu meiner Linken stand tatsächlich eine Briefwaage, die mir jetzt nur noch gewöhnlich vorkam. Sie wurde als erste Briefwaage mit Digitalanzeige ausgestellt. Was ich zu meiner Rechten entdeckte, war eine faustdicke Überraschung:

Analoge Personenwaage für den Haushaltsgebrauch. Muster einer Sonderserie für den Nahen Osten.

Es hatte nur eine Sonderserie dieser Art gegeben und die Waagen hatten nie ihren Empfänger erreicht, wie wir alle wussten.

Ich ging in mich und dachte darüber nach. Da kam mir etwas in den Sinn. Konnte es möglich sein …?

Nachts im Museum

Die letzten Besucher hatten das Museum schon lange verlassen. Nach ihnen kamen die Reinigungskräfte, nach den Reinigungskräften kam das Wachpersonal. Es wurde dunkel, im Ausstellungsraum herrschte absolute Stille.
Gegen Mitternacht nahm ich meinen ganzen Mut zusammen. „Bist du Wiegenoth?"
„Ja", antwortete mein Nachbar trocken. Wie gern hätte ich jetzt meinen Vater bei mir gehabt!
Es folgte die Frage aller Fragen: „Wiegenoth, kannst du mir erklären, wie du das damals solange auf der Palette ausgehalten hast?" Die Spannung war kaum auszuhalten.
Wiegenoth ließ sich mit seiner Antwort Zeit. Das war egal, ich war sowieso viel zu aufgeregt, um zu schlafen.
Gegen drei Uhr morgens antwortete er mir: „Nein, ich habe es leider vergessen. Ist zu lange her."

Ende

Epilog

Genau wie Wiegenoth wurde Waagemuth in der Welt der Waagen zur Legende. Das dürfte seinen Eltern nicht entgangen sein. Falls sie nicht inzwischen ausgemustert wurden und auf dem Recylinghof gelandet sind, ziehen sie auch heute noch in Halle 3 Nachwuchs groß.

Rainer Lange und Siegfried Hansen sind inzwischen Rentner. Zum Abschied bekam Rainer Lange von seiner Firma einen Gabelstapler als Miniaturmodell von *SIKU*. Man kann sich seine Enttäuschung ausmalen, schließlich hatte er sich mindestens eine goldene Taschenuhr erhofft. Ingo Dettmann ist immer noch Filialleiter im Elektromarkt. Dieter und Bernd haben inzwischen geheiratet.

Karl-Heinz betrog Rita mit seiner Fitnesstrainerin, woraufhin Rita die Scheidung einreichte. Sein Argument, sie hätte ihn doch auch betrogen, wischte sie mit einem „Das war etwas ganz anderes" vom Tisch. Sie hat sich geschworen, einem Mann nie wieder eine Roulade vom Tisch wegzunehmen.

Facile landete auf dem Sperrmüll, nachdem Rita bemerkt hatte, dass sie von ihrer Waage ebenfalls betrogen worden war. Facile hatte ihr ein Kilo zu viel angezeigt.

Sammy lebt weiterhin in der Einliegerwohnung und läuft Gefahr, dass ihm seine Verlobte irgendwann die rote Karte zeigt, wenn er nicht endlich etwas gegen seine Schweißfüße unternimmt.

Pablo hockt noch heute in der Asservatenkammer und träumt unverändert von der Freiheit.

Herr Reinecke wurde achtundneunzig Jahre und starb nach kurzer schwerer Krankheit. Von wenigen Tagen abgesehen, kaufte er auch bei Fräulein Müllers Nachfolger regelmäßig die Tageszeitung und nahm dazu einen Becher Kaffee.

Waagemuth hat inzwischen seinen Frieden mit Fräulein Müllers tragischem Ende gemacht. Er stellt sich vor, dass sie ihren Großvater wiedergetroffen hat.

In einem Punkt irrte Waagemuth. Fast zwanzig Jahre nach jenem Erlebnis, bei dem er in Halle 17 zur Personenwaage wurde, besuchten Dieter und Bernd das Museum. Dieter konnte sein Glück kaum fassen, dass er seinem Bernd doch noch diese wunderbare Waage mit dem weinroten Flokati zeigen konnte.

Danksagung

Die Realisierung dieses Buches wäre nicht gelungen ohne die nachfolgenden Personen.

Bianca Schmidl gab unbeabsichtigt den Impuls, ein Buch über das Leben einer Waage zu schreiben. Ich selbst hatte das nie geplant.

Manuela Schupp sichtete die Erstfassung, verbesserte den Text und bescherte mir den Titel des Buches. Damit hat sie mich sehr unterstützt.

Maria Schenk vertraute meiner doch etwas ungewöhnlichen Geschichte und nahm Waagemuth in das Programm des Kelebek Verlages auf.

Carolin Olivares hat als Lektorin einen tollen Job gemacht.

Anke Kemper steuerte die Illustration bei, ein weiteres Kapitel unserer guten Zusammenarbeit.

Abschließen möchte ich mit einem Dank an meine liebe Frau und meine wunderbaren Kinder, weil sie mein Leben bereichern und mich mit meinem Theater- und Schreibtick aushalten.

Peter Futterschneider

liebt Theater und Musik. 1995 hat er zum Amateurtheater gefunden und 1999 sein erstes Theaterstück geschrieben, das viele Jahre in der Schublade blieb. Seit 2015 schreibt er neben Theaterstücken Kurzgeschichten und Kinderbücher. Dafür hat der Autor das Projekt GROLLUNDSCHMOLL (eingetragene Marke) angelegt.

Durch das Schreiben bringt er seine Gedanken, Ideen und Gefühle auf Theaterbühnen und in Bücher. Seine Familie gibt ihm Kraft und Inspiration.

Bei GROLLUNDSCHMOLL sind zahlreiche Theaterstücke des Autors zu finden. Sie können über den Theaterverlag *adspecta* bezogen werden. Darüber hinaus sind 2017 die Kurzgeschichte *Wolfi* in der Anthologie *Tschüssikowski* von Manu Wirtz sowie die Kinderbücher *Im Land der Leuchtkäfer* und *Prinzessin Grenzenlos* erschienen. 2018 folgte das Kinderbuch *Der Riese Schmoll*.

Mehr Informationen gibt es unter seiner Webseite: https://www.grollundschmoll.de/